徳間文庫

MONEY

清水義範

JN104278

徳間書店

目次

東隆文の窃盗　8,600,000

1

東隆文(あずまたかふみ)は寝起きがいい。前夜、一時とか二時に寝たのだとしても、朝の七時にはすっきりと目を覚ます。酒に強くないから、深酒をして宿酔(ふつかよ)いになることもほとんどないのだ。

顔を洗い、歯を磨き、髭(ひげ)は毎朝必ず剃(そ)る。髪を意にそう形に整えるのに十分近くかける。

それから、コーヒー・メーカーをセットし、それがポコポコいっている間に、パジャマから、外出用のシャツとズボンに着替える。黒か濃紺のシャツであることが多い。そのシャツに明るい色合いのネクタイを組み合わせることが多いのだが、まだネクタイはしない。

できたコーヒーをカップに注ぎ、ローンで買った革張りのソファにかけてそれを飲む。その時に、足を組んですわるのが彼の癖だった。足をどう組めば長く見えるかがちゃんと研究してあった。

カップをサイド・テーブルに置き、朝刊に一通り目を通す。記事よりも、広告のほうをより熱心に読む男だった。

新聞の次には、携帯を手にして着信メールの確認をした。未読のメールが二本、どっちも女性から入っていたので目を通しておく。二つとも用件は要するに、今度いつ会えるのか、ということだった。むこうから会いたいという態度をとられると、なんとなく逃げ腰になるようなところが隆文にはあった。

それで、番号登録者のリストを見ていき、今夜あたり誰と会おうか、というのを考えた。声をかければ、すぐに会うことのできる仲間が数多くいるというのが彼の財産だった。その八割ほどが女性である。誰と会うのがいちばん利口か、というのを熱心に考えた。

八時十五分になったので、コーヒー・カップを片づけ、ネクタイをしめる。ブランドもののジャケットをはおり、ワンルーム・マンションの一室を出る。

代々木上原にあるマンションから、北青山にある会社まで、隆文は歩いて通勤するのだ。

日中、仕事のために移動する時は、隆文も私鉄や地下鉄を利用する。だが、朝の通勤にはそれを使わないようにしていた。通勤ラッシュというものが苦手なのだ。

ただし、会社から通勤用の定期代はもらっている。それはもらって当然のもので、それはあるのだが自分は、健康と快適ライフのために歩くことにしているのだと考えるのだ。

九時ちょっと前に会社に着いた。会社は、青山通りに面した九階建てのオフィス・ビルの二階に入っていて、株式会社ロワール、というところだ。企業の、宣伝・販促活動一般を請負う小廻りのきくプロダクションであった。袋田友明（ふくろだともあき）という現在三十八歳の社長が、中堅の広告代理店を脱サラして、五年前に起業した会社だった。広告関係に限らず、市場調査や、新製品の展示会の実施まで、何でも引受けてこなしてしまうという、いわば企業向けの便利屋のようなところであった。

社員は社長の下に八人いるだけ、という小さな会社で、その中では大抵隆文がいちばんに出社した。だから持たされている鍵で事務所を開け、ブラインドを光のさす具合に調整する。自分の机に対してすわって経済新聞を読んでいると、今年三十歳の塚（つか）

原道子（はらみちこ）が出社してきて、やがて日本茶をいれてくれる。

そういう時に、隆文はごく自然に、「あっ、髪型が変ったね。いいじゃない」というようなことが言える男である。別にその女性事務員に気があるわけではなくて、なんとなく関係をなごやかにするためにそう言うのだ。それが努力なしで自然にできる男だった。

東隆文は二十八歳だった。その年齢で、どんな大会社の部課長クラスとも怖（お）じずに話をすることができる。スポンサー筋と会話をするとなると、きっちりと敬語の使える男だった。

郷里で高校を卒業した後、上京してグラフィック・デザインを学ぶ各種学校に入った。親からの援助はなく、安アパートに住み、学費はアルバイトで稼ぐ、という生活を始めたのだ。

ところが、そのデザインの学校を卒業することは結局なかった。十九歳の時に広告代理店でアルバイトを始め、若いのに何をやらせても器用にこなす男だと便利使いされているうちに、いっそ入社しないかと誘われて正式採用されてしまったのだ。ポスターのレイアウトから、モデルやカメラマンの手配まで何をさせても要領がよく、それどころかスポンサーに対してプレゼンをさせても怖じるところがないというのを買われたのだ。

その会社に、十歳年上のやり手のアド・マンとして袋田がいた。袋田は隆文に目をかけ、仕事のあれこれを手ほどきしてくれた。

「お前ほど平気ではったりをかます男をほかには知らんよ。大した才能だと言うべきだろうな」

袋田はそんなことをよく言った。あきれるような思いを抱きながらも評価しているのだ。

「スポンサー筋に、本当の年齢を言っちゃいかんぞ。もう二十代も後半ですよ、ぐらいに言っとけ。二十歳そこそこでこんなに世慣れてるのかと思うとムカムカしてくるからな」

その会社の中で仕事のできる一匹狼の位置にいた袋田の、隆文は右腕のような存在になっていった。二人はよく行動を共にした。隆文が恋愛に関する悩みを相談するようなこともあったのは、袋田を兄のように慕ったのか、弱みを見せて可愛がられるためだったのか、どちらとも言えない。どちらも真実だったのだろう。

袋田が独立して、株式会社ロワールを立ちあげる時、いっしょにやらないかと声をかけられた。しばらくは苦しいかもしれんが、自分たちの事業をやっていけるっていう面白さがあるぜ、と。

迷うことなく隆文は袋田と行動を共にした。能力を認めてくれる人間についていくしか、何の後ろだても持たない彼の選択肢はなかったのだ。

袋田の言った通り、初めの一年間は苦しかった。ろくに給料も出ず、隆文は今の場所になる前の、マンションの一室であった会社に寝泊りをした。本業が軌道に乗らないので、袋田も隆文も、自分の才覚でアルバイトを探してきて、めいめいそれをやる、というようなことさえあった。袋田が広告のコピーをかいていて、隆文がPR誌のレイアウトをしているというような、奇妙な風景だった。でも、どっちも勝手にアルバイト仕事を探してきて食いつなぐ、というようなバイタリティを持っていた。

初め、新会社に参加していたグラフィック・デザイナーとカメラマンはすぐに独立していった。

ところが、二年目で安定したスポンサーを摑み、やっと会社がうまくころがりだした。そしてだんだんに、仕事量も増えて、そこそこの給料も出るようになった。会社がオフィス・ビルに越し、隆文はワンルーム・マンションに住むようになる。その後の四年間で隆文と同世代の社員がぽつぽつと入社し、今では社員数八名だ。

隆文は、着るものや、インテリアなどに金を使うようになり、雑多な人間と幅広くつきあうようにもなった。ツケで飲み食いのできる店があちこちにある。

とりあえず、今は順調に生活していると言っていいだろう。社長の袋田と苦労時代を共にしたということから、隆文は会社の中で気ままな遊軍のような立場を与えられている。好きにしていても、袋田は何も言わないのだ。業界の片隅で、隆文は相変らずもの怖じせずに蠢（うごめ）いていた。

2

午後になって東隆文は、印刷会社が持ってきたポスターのゲラ刷りを持って、ラミダスという男性化粧品のメーカーを訪ねた。宣伝部を訪ね、新商品キャンペーンの担当者にポスターのゲラ刷りを見せる。

もう少し赤をおさえよう、とか、この文字をもう少し目立つようにしよう、などという注文をきき、そのすべてに対して、お望みの通りにしましょう、と隆文は答えた。こういう時は、できてもできなくても、そのようにする、と答えておけばいいのだと、度胸がすわっているのだ。

用件がすんで、雑談になる。

「近頃、ゴルフのほうはどうですか」

と隆文は言った。その四十一歳の課長がゴルフ好きだと知って袋田がゴルフ接待をした時に、同行したことがあるのだ。

「こう不況では、ゴルフなんかやっていられなくなっちゃったよ」

と、その課長は言った。

「ラミダスほどの会社に、不況風は関係ないでしょう」

と隆文は打てば響くが如く言った。

「そんなことないんだよ。どこもかしこもせちがらくて、ゴルフに誘ってくれるところがない」

これはつまり、接待されたい、と言っているわけである。

「浜井課長のゴルフは筋がいいですものね。あの腕前を生かさないのはもったいないですよ」

「そうでもないがね。それより、若いのに東くんは飛ばすよね」

「私のはただ飛ばすだけで、どこへ飛ぶかは神頼みなんですもん、どうにもなりませんよ」

そう言って笑ってから、隆文はさりげなくこう言った。

「うちの袋田もこのところゴルフをする機会が減って残念がっているようです。今度、浜井課長をお誘いするように言っときますよ」

「袋田さんは本格的なゴルファーだものねえ」

と言いつつ、課長の顔には期待の色が浮かび出る。

「いや、課長にはかないませんよ。課長といっしょにまわって、上達のヒントが得られたって袋田は言ってるほどです」

隆文はそんな台詞(せりふ)を、ためらいもとまどいもなくつるつると言える男だった。別に、たくらみがあるわけではない。そういう会話のできるのが大人ってものだろうと思っているだけだ。

課長は機嫌よく笑い、やれたら楽しいね、と言った。その課長の心を得ておけば、広告関係の仕事がこの先もまわってくるわけだ。

そして、笑ったあとその課長は、ふと思い出してこういうことを言った。

「そうだ。別の件で、ちょっとききたいことがあったんだ」

「何でしょう」

「アルバイトのさ、若い女性を揃(そろ)えられるかな。キャンペーンに使う子が十二人ばかりほしいんだけど」

「何をするんですか」

「新商品のヘア・ムースの試供品をさ、街頭で配るっていう仕事。だから、女性なら誰でもいいってわけじゃなくて、ある程度は見栄(みば)えのする子がいいんだけど」

「街頭で、銀色のミニスカート姿かなんかで試供品を配る可愛い子ってわけですね」

「それそれ」

「十二人ですか」

「四日間ぐらい、キャンペーンしたいんだけど」

そこで隆文は、どうしたものか、という顔をして首をひねる。

「いろんなやり方が考えられますね。全社的な大規模キャンペーンで予算も十分にあるなら、モデル・クラブを通してしまえばいいんですけど。そこの、安いモデルを使うんです」

「それほどのことじゃないんだ。つまり、タレントとか、モデルとかを使うほどの予算はない」

「女子大生に声をかけて、アルバイトをする子を集める程度でいいってことですね。なるべく可愛い子に声をかけるようにして」

「うん。その手配を頼めるかな」

「それはできます。アルバイトを集める時に声をかける大学生を何人か確保してますから。なるべくルックスのいい子をよこしてくれと注文すればいいでしょう」

と言ってから、隆文は念を押すように別のことを言った。

「ただし、バイト料がやや割高にはなりますよ。ミニスカートの衣装を着せられて街頭に立つとなると、アンケートの集計をやってればいいようなバイトとは違って、時給八百円ってわけにはいきませんから。その倍は払わなきゃいけません」

課長は頭の中で暗算をするような顔をして、そのくらいの予算はある、と答えた。

そこで、隆文はもうひとつ問題があるなあ、という顔をして、考えつつ言った。

「でも、そのくらいで予算はいっぱいいっぱいなんでしょうね」

「そうなんだよ」

隆文は課長の目を見て、恩を着せる口調でこう言う。

「じゃあこの話、うちの会社を通すのはやめましょう。会社で受けてしまえば、手配料とかが発生しちゃいますから。これは私が、個人的に頼まれてお手伝いしたってことにします」

「そうしてくれると助かるなあ。手間かけて悪いけどさ」

「いつもお世話になってますから、そのぐらいのお役には立たなくちゃ、ですよ」

そう言ってニヤニヤと笑った。

女性アルバイト十二人分のギャラは、私の個人口座に振り込んでいただきます、ということで話をつける。

そして社に戻ってから、電話をあちこちにかけて必要な手配をした。つきあっている女子大生が何人かいて、こんな時にはよく力を借りているのだ。なるべくスタイルのいい子を集めてよ、と念を押すことを忘れない。

「そういうバイトだからさ、ギャラがいいんだ。時給千二百円も出るんだよ」

恩着せがましくそんなことを言った。

そして、電話をしながら電卓で計算をしてみる。

ラミダスから、時給千六百円の割でギャラが振り込まれる。そこから四百円分を手数料として取るわけだ。

会社に集合して、着替えて、繁華街へ運ばれて、人通りのあるうちは立って試供品を配るわけだから、少なく見ても八時間は働くことになるだろう。四百円の八倍で、それが十二人分で、四日間だ。

十五万三千六百円が隆文の取り分となる。

悪くない小遣い稼ぎだなと、隆文は北叟笑んだ。

3

その夜、信用金庫に勤める岡本里美という女性と、喫茶店で待ち合わせて、その後食事をした。今、ちょっとピンチなので定食屋でいいかな、と隆文は言い、里美が、今日は私が持つわ、と言ってくれてイタリアン・レストランでの食事になった。里美のほうが二つ年上で、そんな関係がそうおかしくないのだ。

ただし、すべてご馳走になってしまうのでは不甲斐ないからと、食事の後のバーは、隆文のツケがきくところへ誘った。里美とはまだ三度目のデートで、そのバーへ連れていくのは初めてだった。

予想していたことだったが、その店では顔馴染みといっぱい会ってしまった。そういう変形のデートもありということで、里美には納得してもらうことにして、総勢八人でいろんな話題で盛りあがった。

隆文は、酒場で仲間を楽しませる芸をいろいろ持っている男である。箸袋を使った居合抜きをやり、一万円札にボールペンを突き刺したのに穴があいていない、という手品をやり、テレビの「ＣＢＳドキュメント」の放送の物真似をした。

「世間にはあなたのことを詐欺師だと言っている人もいますね」

「ええ、知っています」

「だが、あなた自身はそう思ってはいない?」

「ぼくはただ、悩んでいる人の相談にのってあげてるだけなんです」

「あなたの商品を買った人のですね」

「そこから知りあうことが多いんです」

妙にさめたアナウンサー口調でこのやりとりをするのはウケた。

里美も、とりあえずその盛りあがりを楽しんでいる様子だった。メンバーの中の一人、住田蔵人がミュージシャンで、歌手の木村一樹をよく知っているという話には目を丸くして喜んだ。

「木村一樹がこのバーへ来て、盛りあがったこともあるよね」

と隆文は言う。

「話をしたことがあるの?」

「よくテレビで視てますよ、ぐらいのことしか言えなかったんだけどさ。でも、全然生意気な感じとかはなくて、腰の低いいい男だったなあ」

バーのマスターが、あの時に木村一樹に書いてもらったサインがこれだと、壁に飾った色紙を指さすから、嘘でないことが証明される。

「それ、有名な人ですか。ボク知らないな」

と中国人のジョージが言った。なぜ中国人なのにジョージという名前なのかは知らない。そのバーで会っていっしょに騒ぐメンバーの一人だった。

少し怪しげで豊かな交遊関係は隆文の財産である。自分が東京で根なし草のような存在だと知っている彼は、人と人とのつながりを求めて夜の街を徘徊するのだ。

住田蔵人が連れてきている樹里という女性がブランド品マニアだというのをきいて、隆文はこう言った。

「コネがあって、サンクールのバッグなら七掛けで買えますけど」

本当なの、とその女性の目の色が変った。

「偽物じゃないでしょうね」

「偽物のはずがないですよ。だって、サンクールから、展示会や、パンフレット制作の仕事を受けているんですから。ほかのどこで買うよりも確かですよ」

樹里は夢中になり、あのブランドのガジェットというシリーズの、ゴールドのバッグがほしいのだと言った。

「定価はいくらぐらいのものですか」

「二十四万もするの」

暗算して隆文は言う。

「ぼくが間に入れれば、十六万八千円で買えますよ」

計算には強い男だった。

それ、お願いするわ、ということになって、一週間後にここで会いましょう、と約束した。

場の雰囲気はますますほぐれて、話にまとまりがなくなってきた。

適当なところで隆文はマスターのところへ歩み寄り、使い走り役をするかのように会計をまとめさせた。八人の飲み食いした分を合計してしまう。

「私、この後行かなきゃいけないところがあるんで、ここで一回しめさせていただきます」

と、酔っている仲間に声をかける。

四万二千円ちょっとという請求金額を、頭の中で六で割り、それを八倍した。

「えーと、五万七千円ですから、まあ、端数はいいとして、お一人七千円ずつということですね」

その金を集め、里美にはこう言う。

「きみの分はぼくが持つから」

　みんなから集めた四万二千円に、端数だけを足して会計をすませた。マスターだけは隆文のしたことに気づいたようだが、何も言わなかった。

　店を出たところで、隆文はいきなり立ち止まり、里美にこう言った。

「忘れ物をしちゃった。取ってくるからちょっとここで待ってて」

　そして、返事をきこうともしないあわただしさで、踵を返すと今出てきたバーへ戻っていった。何を忘れたのかきく暇もなかった。

　女性の二人連れが、そのバーへ入っていく。里美は道を空け、派手な印象の女性だと感じてその二人の顔を盗み見た。

　隆文はなかなか店から出てこなかった。どうしてしまったのか、店に戻って確かめようかと思ったくらいだ。

　ところが、本当にそうしようと思ったところで、思いがけない方向から隆文が戻ってきた。店のドアを開けて出てくるのではなく、道の右側から歩いてきたのだ。どうやって店を出たのか見当もつかない。

「ごめん、待たせて」

「どうしてそっちから来たの。店に入っていったのに」

「マスターがさ、この前忘れたものを、店の裏口の外に置いたって言うから、裏口へ出たんだよ。それで、そこの路地を通ってきた」

「どうしてそんなところから来たの」

「さようなら、って言ってから、みんなに何度も会うのって格好悪いからさ」

「何を忘れたの」

隆文はウインクをして、つまんないものだけど、と言った。よくわからない話だった。

隆文は店にやってこようとしている二人の女性に気がついて、顔を合わさないように逃げたのだった。店の中を通り抜けて裏口へ出て、路地をまわって戻ってきたのだ。

さっき店に入った二人の女性のうちの一人が、デパートに勤める江守深雪といって、隆文と一時期つきあいがあったのだ。このバーへ今も来ているとは知らなかったが。

深雪に隆文は、十万円ほど借金をしている。何度かにわたって少しずつ借り、それが十万円を超してから連絡をとらなくなった。そういう女性と顔を合わすことを避けたのだった。

隆文はタクシーを拾い、里美を伴ってマンションに帰った。タクシー代は里美が出した。

一人暮らしの里美は初めからそのつもりだったらしく、隆文に抱かれた後、泊っていった。

ただし、翌朝七時に隆文が目を覚ますと、もう里美は帰っていた。信用金庫に勤めに出る前に、アパートに帰って着替えるためだろう。隆文の目覚めは快適だった。

4

隆文はサンクールという輸入ブランドを扱う商社の、販促企画室長を、その会社の近くの喫茶店に誘い出した。室長とは言っても、まだ四十歳そこその、武藤(むとう)という男だった。

「こういうものが手に入ったので、もしかしたら少しは興味がおありかなと思いまして」

と言いつつ、隆文は『名作選①』と『名作選②』とだけタイトルの書かれたビデオテープ二巻を渡した。

「何なの、これ」

「えーとですね、悪い友だちがいると回ってくるんですよ。裏ビデオです。その二巻で、四作品が入ってます。もしお嫌いでしたら捨てて下さい」

武藤は中途半端な笑顔を作り、声を潜めるようにして言った。

「嫌いってことはないな。もらっていいの」

「四都市を回ったショーのお手伝いをさせていただき、うちとしてはとても感謝しているんです。そんなお礼では足りないくらいですよ」

「悪いな」

「私はただダビングしただけですから、テープ代しかかかってないんです。どうぞどうぞ」

武藤はテーブルの上のテープを隠すように自分の隣の椅子の上に置いた。

隆文はその話題からは速やかに離れて、事務的にこう言った。

「それで、遅くなりましたけど、ショーで使った衣装や小道具は、今日、資材課のほうへ戻しておきましたので、のちほどご確認下さい」

「うん。まあ、一度でもショーで使ったものは一応とっとくだけだけどね。もし次の機会に使いまわせるのがあれば使うけど、そういうこともあんまりない」

「そうなんですか」

「もう、売り物にはならんからさ」

「あの、実はそれについて、申しあげなきゃいけないことがあるんです」

　隆文は紙袋の中から、ビニール袋に入ったバッグを出した。

「これ、ショーで使ったガジェット・シリーズのバッグなんですけど……」

　その、ゴールドのものだった。

「ここに、汚れがついちゃったんですよ。どうも油性ペンの先が触れて線を書いてしまったようなんです。ぬぐったんですがこれ以上落ちませんでした」

「ああ、本当だ」

「気をつけてはいたんですけど、各都市を回っていくうちに不注意でこんなことに。それに、ショーの舞台裏というのは大騒ぎの状態ですからね。そういう時に汚しちゃったのかもしれません」

「いいんだよ、それは気にしなくても。そういうことはもちろんあるだろうさ。ショーで使うという時点で、それはもう消費されてるんだから。新品の状態で戻せなんて言やしないさ」

「そうですか。そうならホッとするんですけど」

　実はその汚れは、隆文が油性ペンでつけたものだった。縫い糸などは汚さないように、ビニール部分だけを黒くしたもので、完全にぬぐい落とせるようになっていた。

「全然構わないよ。それは仕事のために消耗されたものだから」

「捨てちゃうつもりのものだっていうことですか」

「うん。だから気にしなくてもいいよ」

隆文はホッとしたように笑った。そして、ふと思いついたように言う。

「あの、だったらこのバッグ、ちょっと安くして分けてもらえないでしょうか」

「汚れがあるものを売るわけにはいかないよ」

「売るというか、引き取らせてもらいたいんですよ。つまり、私のガールフレンドにやったら小躍りして喜ぶと思うんです。でも、私の収入じゃあ定価で買ってプレゼントするのは無理ですからね。こういう機会があった時に、安く分けていただけたらすごく嬉しいんです」

話がそこまできたところで、二巻の裏ビデオがきいてくるのだった。武藤としては、何の損もなく借りが返せるのだ。

「そういうことなら、それ、あげるよ。まあ確かに、もう商品にはならんけど、そう使い古してるわけじゃなくて、もらえば嬉しいものかもしれんから」

「いただいていいんですか」

「うん。汚れ品だもの。遠慮なくもらってよ。彼女にプレゼントしてあげりゃいいじゃない」

　ありがとうございます、と何度も礼を言ってから、隆文はしゃあしゃあと、こういうことを言った。

「それであの、売る時に使っているサンクールの箱をいただけると嬉しいんですけど。プレゼントだとどうしてもあの箱に入ってなくちゃ価値が出なくて……」

　箱も、ショッピング袋ももらえることになった。

　油性ペンの汚れを完全に落とせば、それはショーに四回使っただけの新品同様の商品になる。ちゃんと、ブランドの箱に入っているものを、七掛けで買えるならば大喜びする女性は多い。正真正銘の本物なのだし。

　隆文はサンクールのバッグを会社に持ち帰った。その夜のうちに、汚れを取って新品同様にし、箱に入れて商品にする予定である。いつものバーで会う、住田の彼女の樹里に十六万八千円で売ることになるのだ。

　会社では、袋田が金計算をしていた。そのデスクの前に、マグカップを持って立ったまま、サンクールのショーの仕事の首尾を報告した。もちろん、汚れ品のバッグをもらった話はしない。

「次回のパンフレット制作にも、ちゃんと喰(く)いついてるんだな」

と袋田は言った。

「それは大丈夫です。誠実な仕事をするって信用されてますから」

「うん。広告関係の会社なんてのは、誠実さがなきゃうさん臭いものなんだからな。信頼を絶対に裏切っちゃいかん」

そんなことをよく口にする男だった。

「それはよくわかってますって」

と隆文は言ったが、袋田は苦笑した。

「お前だから何度も言っとくんだよ。お前の如才のなさは、ひとつ間違うとものすごくインチキ臭い男に見えるからな」

「ひどいすよ、それは。おれ、社会的にも信用のある男ですよ」

「そう心がけてくれや」

二人とも笑った。

袋田は計算を終えた一万円札の束を、小型の手さげ金庫にしまった。

5

マンションに帰ると、留守番電話が入っていた。ネクタイを外しながら、録音をきく。

「こちらはユニフク株式会社のリボ払い課で、私は佐藤と申します。東隆文様が当店でお買い求めになられた、ダンジャンのスーツの今月の支払い分、二万二千七百円をご指定の銀行口座から引き落とそうとしたところ、残高が不足していて、お引き落としできませんでした。そこで、一週間前に通知状をお出ししたのですが、お手元に届いておりませんでしょうか。本日、二度目の引き落としを試みてみましたが、同じ結果でございました。つきましては、三日後にもう一度同じ手続きをいたしますので、それまでに口座のほうにご入金をいただくようにお願いいたします。それでは、どうかよろしくお願いします」

電話器に向かって隆文は、

「ずーっと留守なのよ、おれは」

と言った。

その電話に関する限りは、それが真実だった。たとえ部屋にいる時でも、ずっと留守番電話状態にしてあるのだ。いる時に誰かから電話がかかってきても受話器は取らない。先方が用件を録音し始めるのをきいて、そこで親や友人からの電話だとわかったら、受話器を取るのだ。そして留守電を解除してこう言う。

「ごめん、ごめん。おれです。今ちょっと離れたところにいたもんで」

そのやり方で、借金取りからの電話はシャット・アウトしていた。多くの友人、知人との連絡は、別に持っている携帯電話でしているのだ。

そうしておいて、借金をする時やカードを作る時は、部屋にある電話の番号を登録する。それは知恵あるやり方というものであった。金を借りた相手とは、なるべく会わない、話をしない、というのが最も利口なやり方なのだ。

隆文は、四六時中借金に追いたてられている男だった。ごく普通に生活しているだけのつもりで、そうなってしまうのだ。

ちょっとずつ金を借りている知人が十人くらいいる。貸しているんだか、くれているんだかわからない女が五人くらい。

そして、現代社会には、金を持っていなくてもものを売ってくれるところがいくらでもある。ローンを組めとか、リボ払いにしろとか、先方がそう勧めるのだ。ある店でカードを作って買い物をすると、自動的に、何回払いにしますか、ときいてくる。そこで、十回などと答えれば、その時現金を持っていなくても買えてしまうのだ。そういう場合には買っておこう、というのが彼の考え方だった。

今では会社から、まずまずの給料をもらっているのだが、隆文は常に、ある金よりも使いたい金のほうが多い男だった。ものを買うことによって生きている満足感が得られるというタイプなのだ。

物質というものは、必ず自分に買える範囲よりちょっと上にいいものがある。そのいいものを買うことこそが幸せだ。

たとえばスーツを買おうとして、スーツの安売り店で買えば持っている金で足りるが、それを買って着ていたのでは自分に誇りが持てない。デパートでそこそこの値段のものが買えるならば、そっちを買って着たほうが満足感がある。

そして隆文は、そのもうひとつ上を望んでしまう男だった。名のあるブランドの、かなり値の張るものが欲しいのだ。それを着ていれば、自信が持てて胸を張って歩ける。どうだおれを見よ、というような気分で生きていける。

現金を出せ、と言われたらないのだが、カードのせいでそういうものが買えるのだ。そして、支払いの時が来るたびにささやかなトラブルが生じる。

隆文は公共料金などはいちばん最後に払うものだと思っている。電気代やガス代は、止められそうになってから払うものなのだ。

ローンが引き落とせない、と言ってきてもひと月やふた月なら大きな問題にはならない。そんなものは、いよいよ、となってから払えばいいのだ。

どうやって払うのか。もらった月給でぽんとまとめて払ってもいい。それからのひと月をどうやって生活するかは、あらためて考えればいい別の問題である。

家賃というものは払える時に払えばいいものである。家賃が払えなくて追い出されるということのほうが世の中には珍しいくらいなのだ。

どうにもならなくなると、何かアルバイトをして臨時の収入を得る。消費者意識を調べるアンケートをする、なんていうのは効率がいい。一人につき五百円くらいの謝礼をしなきゃいけませんよ、と先方に言いつつ、無料で知人二十人くらいのアンケートを集めればいいのだ。そしてそれを水増しして、二百人分くらいにする。それだけで十万円分になる。その上更に、アンケートの集計と結果分析ということをすると、もう十万円になる。

アルバイトを斡旋（あっせん）するのもいい。何も働かずマージンが入る。

そのようにして作った金で、せっぱつまっているところだけを返済する。そうすればまた、半年は何だって売ってくれる。

知人から金を借りることも多い。なるべく女性から借りるようにし、一度にそうまとまった大金を借りないのがコツだ。二万とか三万とかいう金はしつこく覚えていて返せと言うのもみっともない、という金額なのだ。女性には、金に見合う楽しい時を過ごさせてやれば、それでいいのだ。そして、男女関係というのは、別れてしまえばそれで終りである。

隆文は去年車を買った。それなら少しは人もうらやむという4WD車だった。そして、半年でどうにもこうにもローンが払いきれなくなった。

販売店からやいのやいの言われて、それなら車を返すから引き取ってくれ、と言ってみた。そうしたら案外それですんなりとおさまった。

ある程度使ったものを、ローンが払えないからと返してしまうのは思いのほか有効な手である。半分ぐらいのケースで、それでむこうが涙をのんでくれる。

隆文は、どうしても金がつながらないとしても、いつになれば入金の予定がある、とはっきりメドがある時でなければ、消費者金融などからは金を借りない方針である。そこから金を借りるのはひどく間抜けなことだからだ。

なぜなら、相手はプロの金貸しなのである。複雑なシステムになっていて、百万円借りたものがすぐに数百万円にふくれあがるしかけなのだ。そして、取り立てる段になるとこわい人間が出てくる。数百万円、数千万円の借金を作って自己破産していく人間は、知恵がなくて陥し穴に落ちているのだ。

ちっともこわくなくて、どのようにでも言い訳の通じる友人、知人、つきあった女などがいるのに、どうしてプロに借金しなければならないのか。

隆文は自分が今、合計でどのくらいの借金をしているのか暗算してみた。払うべきローンの残高と、知人から借りている分と、会社から前借りしている分の合計だ。それはざっと百六十万円あった。

ほかにももう少し細かい借金があるが、それらはもういいと考えることにした。あの女の二十万円や、あの男の六万円などのことは忘れよう、と。

百六十万円のうちに、そろそろ返済しないと面倒になりそうな分が七十万円くらいあった。

あれをどうしたものか、と隆文は考え込む。

6

ところが、考えているうちに、いきなり追いつめられてしまう事態になった。

まずはマンションの大家から、未払いになっている四カ月分の家賃を今月中には支払っていただきたい、という通知が来たのだ。四カ月分で四十六万円である。もし、支払いがない場合は、法的手段に訴えさせていただく、とあった。どうせ大したことはできないだろうとは思うが、今のマンションに住めなくはなるだろう。それはなんとかまぬがれたいところである。

どうしたものかと思っているところへ、別のところから同じような通知が来た。ローン会社からで、家具など三点を購入した分のローンが三カ月分こげついていて、利息分を加えて二十二万六千五百二十円となっている。何月何日にもう一度引き落とし手続きをするが、その際引き落とせなければローン契約は解除となり、法的手続きをとらせていただく。

いきなり、七十万円ほどの金を都合つけなければならないことになった。それを用意しないと、かなり面倒なことになりそうだ。

隆文は深刻な顔をして考えた。

どうするか。知ったことじゃねえってほうっておくか。でもやっぱりそれは、ややこしい事態を招くだろう。

ひとまず、消費者金融のようなところから借りるか。いつでも、簡単に金を貸しますよと、盛んに広告が流れているではないか。

だが、七十万円を借りたとして、それをしばらくは返せるメドがなかった。そうなれば、あっという間に借金地獄に引き込まれるだろう。プロから借りるのはよくない、と隆文は考えた。

社長の袋田に、事情を話して百万円ほど借金をするか。これまでのつきあいを重く見て、おそらく貸してくれるだろう。二年ぐらいかけて給料から差し引く形で返済することにしてもいい。

だが、それをしてしまって、袋田に、馬鹿な奴だと思われることがつらかった。そういう失態を、いちばん見せたくない相手なのだ。

お前の要領のよさには驚かされるよ、と言われてきた相手である。袋田にそうおだてられて、ここまで人生をわたってきたと言っていいほどだ。なのに、返せない借金を抱え込む愚か者になってしまうのがいやだった。

社長にはみっともない姿は見せられない、と隆文は思った。

だったらどうする。誰か、百万円ぐらい貸してくれる知人はいるか。

信用金庫に勤める岡本里美ならば、そのぐらいの金は貸してくれるかもしれない。

三十歳の独身女性で、そのぐらいの貯金は確実にあるだろう。彼女はこのところ、おれにメロメロに惚れてる。貸してくれるに違いない。

いっそのこと、二百万円ぐらい借りてしまって、いろんな借金をすべてチャラにしてしまうのもいい手かもしれない。非常にすっきりした気分になれるだろう。

里美はおそらく文句を言わない。それどころか、おれに貸すために、信用金庫の金に手をつけるかもしれない。

それまでそんなにもてたことのない女が、男に貢ぐために会社の金に手を出し、犯罪者になっていく。そういう事件って現実によくあるじゃないか、とまで考えた。

だが、やっぱりそれはできないな、と思ってしまうのが隆文だった。女性に百万円も借りてしまっては、男として格好がつかない、と考えるのだ。二万、三万の金は平気で借りるくせに。

あの金をちょっと使わせてもらおうか、と隆文は考えた。ごく自然に、いろいろある手段のうちのひとつ、として頭に浮かんだのだ。

袋田が、手さげ金庫にしまっている金である。この前、なんだか面倒な計算をせっせとやっていたあの金。

それが、会社の運転資金でないことを隆文は知っていた。いや、もともとは会社の金なのだが、そこから秘密に別口にされている金である。

会社の金庫は、ロッカーの隣にあって、その中には帳簿や契約書が入っているばかりであまり金は入ってない。会社の銀行口座があるのに現金を金庫に入れておくなんてのは普通じゃないわけだ。

だが、袋田の机のいちばん下の抽出（ひきだし）の中にあるあの手さげ金庫には現金が入っている。それは、考えあってちょっと別にしておく金なのだ。

税金対策と言えば穏やかだが、脱税のための所得隠し分だとあからさまに言ってしまうこともできる。袋田は帳簿をいろいろと操作して、そういう金を作り、今のところあの金庫の中に貯めている。

あのうちから、ちょっと使わせてもらってもいいぐらいの働きを、おれはしているよなあ、と隆文は考えた。その金庫の中には、数百万円は入っていそうなのである。

二日間考えて、その金をいただくことにした。考えているうちに、こうすればうまくいく、というやり方が頭の中にくっきりと浮かびあがってしまったのだ。

土曜日の夕方、六時で仕事を終えて隆文は会社を出た。その時には、袋田をはじめとして、まだ社員が三人会社に残っていた。

夜の十一時に、人に姿を見られないように注意して会社に戻る。ビルの中に人の姿はなかった。

二階にある会社のドアの前に立って、絹の手袋をはめた。そしてポケットから、薄い金属の板や、針金を出す。

隆文は会社の鍵を持っているのだが、それを使うわけにはいかない。

隆文は手先が器用だ。しかもその上、雑多で怪しげな交遊関係を幅広く持っているという男である。

薄い金属片を、ドアの隙間に入れ、針金を鍵穴にさし込む。

中国人のジョージにピッキングのやり方を習って、面白半分に練習したことがあるのだ。

五分ほどカチャカチャやっていると、ロックが見事に外れた。

会社に入り、手にした懐中電灯で照らして、袋田の机のところへ行く。いちばん下の抽出を開け、手さげ金庫を机の上に置く。

その金庫の、ダイヤルの番号を隆文は知っていた。会社がその金庫を買った時に、そういう番号はきちんと頭に入れておく男なのだ。

29・80・68・38、という番号を、ニクハマル、ムリヤリサンパツとエロな符丁にして覚えているというのが、彼らしいところだった。

そのようにダイヤルを回して、金庫を開けた。中に、百万円の束がいくつかあった。それをすべて、手さげ袋の中に入れる。紙で束ねてないバラの紙幣は上着の内ポケットに入れた。

金以外のものには手をつけない。そして現金をすべて抜くと、金庫を閉じた。ダイヤルを適当にグルグル回して開けられない状態に戻し、金庫をもとの抽出にしまう。

手袋をしているから、隆文の指紋はどこにもついていない。

そう思ってから、隆文は自分の思い違いを訂正した。その会社の中に隆文の指紋はいっぱいついている。しかし、手さげ金庫に真新しい彼の指紋がくっきりと残る、ということはないのだ。

会社を出て、ドアはそのままにして、歩いてマンションに戻った。

落ちついてゆっくり数えてみると、その金は八百六十万円あった。

すべての借金を返すことができて、その上かなりの予備金を持っていることができるのだ。

隆文は金をベッドの上に並べて鼻歌を歌った。

7

月曜日に、九時ちょっと前に出社してみると、会社のドアが開いていた。中に入ってみて、自分の目を疑った。まだ誰も出社していなくて、いつも通りいちばんだった。

会社の中が、めちゃめちゃに荒らされていた。ロッカーの扉が、すべて開いていて、中にあったものが乱暴に引きずり出されて散らばっていた。

ロッカーの隣の大きいほうの金庫は、バールのようなものでこじあけられていた。中に入っていた書類がその前に落ちている。

社員たちの机の抽出が、どれも開けて中をひっかきまわした様子である。社長の袋田の机も同様だった。そのいちばん下の抽出も開いていて、その中にあったはずの手さげ金庫がなくなっていた。

ピッキング泥棒が入ったのだ。土曜日の深夜か、日曜日のことであろう。数人のグループなのかもしれない。一人の力では大きいほうの金庫はこじ開けられないからだ。

呆然と立ちつくしていると、塚原道子が出社してきて、社内の様子を見て驚きの声をあげた。

「泥棒が入ったんだよ」

と隆文は言った。

「信じられない」

「ぼくもだよ。今さっき来て、どうしていいのかさっぱりわかんなくて」

「警察だわ」

と道子は言った。

うん、と言って隆文は電話のところへ行き、一一〇番通報をした。

「犯人の指紋があるかもしれないから、いろんなところにさわらないほうがいいよ」

などと道子に指示を出したりしながら。

そして考えた。

このあたりに、ピッキングで鍵を外す会社荒らしの犯行が頻発していることは知っていた。それを知っていたからこそ、あの手を思いついたのだから。

そういう窃盗グループが、おれのあの仕事のあと、この会社に入ったのだ。金庫を破ったり、社員の机の抽出の中から金めのものを盗ったりした。

そして、小型の手さげ金庫は、簡単には開かないし、持って運べる軽いものだというので、持ち去った。それがいちばん金めのものに見えたのかもしれない。

だが、あの中には実はもう金は入っていない。窃盗グループも今頃はそれがわかってくやしがっているだろう。

と言って、犯人たちが、盗んだ金庫に金が入ってなかったと警察に届けることは絶対にない。

「はい。どこにもさわらないようにします。待ってますからすぐ来て下さい」

テキパキと、できる男の口調で電話にそう言って、隆文は受話器を置いた。

道子が近くへ来て、放心したような声で言う。

「こんなことがあるなんて、信じられない。嘘みたい」

「そうだよね。現実だとは思えないよ」

と隆文は言いつつ、こみあげる笑いをこらえるのに苦労した。

的場大悟の無限連鎖講　6,700

1

ものすごく腹が立って、すわりこんじゃいたいくらいだった。瑞江の言ってることがめちゃくちゃだったからである。

「ぜーったいに変じゃないか。おかしいよ」

と、大悟は母親にくってかかった。

「どこが変なのよ。それでいいんじゃない。わけのわかんないこと言ってるのは大悟のほうじゃないの」

母の瑞江は断乎とした口調でそう言った。

大悟はこみあげてくる暴力的な気分をなんとかおさえて、ここは、絶対に妥協しないという方針でねばりぬくしかないな、と思った。

恵利(えり)は、私には関係ないことだ、という顔をして、騒動の圏外にいる。何が目の前でおこっていても、自分には関係のないことだから、見えも、きこえもしないという態度だ。

そうやって、自分だけ離れたところにいてすかしていられるのは、恵利がバカだからだ、と大悟は思っている。あれほど自分のことしか考えられず、何がおこっているのか見ることもできないというのは、ウサギぐらいの知能しかないってことなのだ。

中学一年の姉の恵利は、ムカムカするけど相手になる気もしない白い壁のようなものだった。

「ぼくには三つ買ってくれなきゃ不公平だよ。なんで差別するんだよ」

大悟は、わかりの悪い母にもう一度言ってみた。

「どこが差別なのよ。どっちもひとつずつでいいんじゃない。自分だけは三つ、というほうが不公平じゃない」

赤ん坊をたぶらかすようなことを言うんじゃないよ、と大悟は思った。大悟は小学四年生で、誕生日がもうきたから十歳だ。ごまかすようなことはせず、ちゃんと筋の通った話をしてもらおうじゃねえの、という思いがこみあげてくる。

「お姉ちゃんが買ってもらったもんは三千四百円したんじゃん。おれのは千五十円だもん。三つ買ってもらってだいたい同じくらいなんだよ。おれだけ千五十円のものを一個だけというのは不公平だろ」

恵利が買ってもらったのはキャラクターがデザインされた下らないバッグだ。ハンカチやティッシュを入れて肩からさげて歩いてバカじゃねえの、というようなもの。しかしまあ、恵利が何を買ってもらおうがそれはどうでもいい。問題なのは大悟のほしいもので、それは巨大ロボのミニチュア・サイズのモデルだ。手や足が外せてロケットのスタイルにもなるというのに、千五十円という安値だ。だからこそ、三ついっぺんに買ってもらえるじゃないかと喜んでいるのだ。

「バカなこと言わないの。同じものを三つも持っててどうするのよ。そういうとこがあんたの意地きたないとこでしょう」

「三つあるからいいんだよ。ひとつがこわれても、もうひとつ同じもんがありゃ安心だもん」

「それだって、二つありゃ十分なんじゃない。二つもいらないけど」

「いるんだよ。遊ぶために二つあって、もう一個は箱から出さねえでずーっと持ってるんだよ」

「そんなのおかしいじゃない」

「おかしくねえよ。そうでなきゃ不公平だ」

大悟はわめくような声を出した。ここは絶対に引き下がれないところだと思っている。

同じおもちゃを三つ持つ、ということに胸の奥がうずくような憧れがあって、もしそれが実現したら、と思うと喜びがこみあげてくるのだ。

「買えよ。買ってくれなきゃおれここから動かねえぞ」

ものをたくさん持ってことに大悟は常に憧れている。おもちゃでも、カードでも、消しゴムでも、数多く持っているとすごく嬉しいのだ。一個や二個持っていたって、そんなのは持っていないのとそう変りゃしない。カードなら、何百枚も持っていてこそ喜びがわいてくる。それをすべてズラリとならべて見ていると、自然に笑いが浮かんでしまうほどだ。

まだ幼い頃、お菓子に手を出すとなると、大悟は両手を出す子だった。同じものを右手と左手に持つのである。そして、左手の中にもそのお菓子があるのを嬉しそうに見ながら、右手に持ったほうを食べるのだ。食べることの喜びは、食べてもまだある、という充実感の中にあった。

大悟のＤＮＡの中に、数多く所有することを喜ぶ、という遺伝子が組み込まれているのかもしれない。そうとでも考えなければ説明がつかないほどに、大悟は量を求めることを喜びとして生きているのだ。

「だったらさ、違うものをもうひとつ買ってあげるわ。お姉ちゃんとくらべて大悟のもののほうが安いんだから、もうひとつ何か買ってあげる。それでいいじゃないの」

「やだよ、ほかのもんなんかいらねえよ。不公平じゃなく、おれにこれを三つ買ってくれりゃいいんだよ」

なんと言われようと、譲る気はなかった。これなら三つ買えると思うからこそ、千五十円のものを選んでいるのだ。それをひとつでいいというのはごまかしだ。

バカの恵利が先に三千四百円のものを買ってもらっていて、自分のことはすんでいるからと知らん顔をしているのが腹が立つ。私には関係ないんだから好きなようにすれば、というすかした顔をして何の口出しもしてこないことにかえってムカックのだった。

この一年ぐらいで恵利はすっかり変った。その前には、恵利は何かというと偉そうに口を出してきて、大悟が悪いのよ、なんて決めつけていた。その決めつけに腹が立ってよく喧嘩（けんか）をしたものだ。

なのに、六年生になった頃から恵利は突然無口になった。お父さんやお母さんに対してもろくに口をきかず、空いた時間があると黙って自分の部屋に閉じこもってしまう。お父さんが、今度の日曜日に遊園地に行こうかと言っても、行く途中がいやだ、なんて言ってその場の空気をしらけさせる。

恵利はそんなふうにますますバカになっていき、私はつまらない騒ぎとは無縁なの、というような顔をしてすましている。

しかし大悟は、そんなふうに気取った恵利が実は自分の部屋の中で、千円もしたファッション・メーカーのオリジナルのノートブックを宝物にしていて、そこに詩なのか歌の文句なのかわからないようなことを書いているのを知っていた。

そんなふうに恵利は別世界に生きているのだ。そういう気取った奴に負けてる格好になるのがすごくいやで、大悟は絶対に誰にも妥協せずに言いたいことをわめきちらすことにしているのだ。

結局、瑞江は大悟にそのおもちゃを三つ買ってくれた。すごく満足だったが、恵利の目が軽蔑(けいべつ)したようにキラリと光ったのに気がついて、クソッと思った。

2

大悟はクラスの中で決して体の大きいほうではなくて、背丈の順に並ぶと前から十番目くらいだ。家が近所なので一年生の頃からよく遊んだ伊勢慎一が、大悟より十センチも背が高くなったので話していてもムカムカするぐらいである。どうもでかい奴って脳ミソが薄いんだよな、と大悟は思っている。

背はそう大きくはないが、大悟は筋肉なしのへなちょこではない。鉄棒で、逆上がりどころか、棒の上に体重をかけて安定していることもできない洋介や、デブすぎて鉄棒にぶらさがっているだけで泣きごとを言う祐太とはまるで違う。大悟は前まわりだってできるし、なわ跳びでは九回連続して二重跳びができる。運動会ではクラス対抗のリレーの選手に選ばれるくらいだ。だからいつも人の目を意識しておどしているチビというわけではない。

大悟が学校からもらってくる通知表の所見の欄には、担任教師の手で、生活態度への評価が書かれているが、そこによく書かれるのは次のような言葉だった。

自己中心的であり、思うようにならないと投げだしてしまう。

熱中すると意欲的に取り組むが、飽きやすい。

他人を自分の思うように支配したがり、それができないと興味を失う。

目に見える成果や評価がないと努力を続けられない。

行事やイベントには意欲的に取り組むが、日常生活には興味が持てない。

「あんたはお祭り人間なんだよね。地道な毎日の生活だとダレてるもんねえ」

と母の瑞江は言う。

そんなのあたり前じゃんか、と大悟は思う。何も面白いことのない毎日の普通の生活なんて、退屈で死んじゃいそうだよ。遊びや、行楽や、行事や、お祭りがあるから、生活がいきいきするんだ。親に言われる通りに勉強しててそれが楽しいなんていう奴は病気だよ。

大悟は、楽しいことにも、量を求めてしまうのだった。遊園地へ行くことはもちろん楽しいことだが、そこへ行くのがたまの一日だけだというのがすごくつまらないのだ。たとえば一週間通いつめて、もううんざりだというぐらいに遊んでみたいものだと思う。そんなふうに遊ぶことになっていて、一日目が終った夜の気分って最高だろうなと思うのだ。

まだあと六日間も遊べるんだ！

しかし、現実にはそんなことはない。いつも楽しいことはほんのちょっぴりしかなくて、すぐ終ってしまうのだ。

そして毎日の生活には、掃除当番とか、花壇の手入れとか、アヒルの世話だとか、やりたくもない義務ばっかりあるのだ。

「今日はいつもよりていねいな大掃除をします」

と先生が言いだすことがある。やなこった、と大悟は思う。

「まず、みんなで机と椅子を教室の後ろに寄せ集めて、前半分を掃除しましょう」

みんながガタガタと机を動かし始める。

大悟は教室のいちばん後ろへ行き、ゴミのあんまり入ってないゴミ箱を持ち、どさくさにまぎれて教室を出てしまう。一人で校舎裏のゴミ捨て場に行き、ゴミを捨てる。それから、地面にしゃがみこんで休む。ポケットからゲームのキャラクターのカードを出してどれがいちばん好きなカードかな、とながめていたりすれば十分くらいはすぐに過ぎる。

ゴミ箱を手に持って、先生の目につくように大悟は教室に戻る。

「あら的場（まとば）くん、どこへ行ってたの」

と先生は言うから、こう答えるのだ。

「ゴミ箱がいっぱいだったから、一回捨ててきたんだ」

「うん。よく気がついたね。そうやって自分で考えて働けるのはいいことよ」

嬉しそうな顔をして、ゴミ箱を持ってしばらくうろうろしていると、大掃除はもう半分以上終っている。

「あっ、黒板消しだ」

と言って、それを持って校庭へ出てのんびりしていると、チャイムが鳴って今日の学校は終り。

楽しくないことはなるべく減らして、楽しいことはなるべく増やして、というのが大悟の生き方の基本方針なのだ。

四年生には、校庭の花壇の横のアヒル小屋のアヒルの世話をする役がまかされている。クラスは三クラスあるから、三カ月ごとにアヒルの世話の月間がまわってくるのだ。アヒルに、給食の残飯をバケツに入れた餌を運んでやって、食べさせる。そのバケツはかなり重くてぶちぶちと文句を言いたくなるような作業だ。アヒルなんかただへこへこ歩いてガーガーいってるだけのくそ面白くねえもので、なんでこんなもんを生かしとかなきゃいけないんだ、と大悟は思う。

週に一回、アヒル小屋の掃除をしなければならなくて、それはものすごく臭いし、水びたしになるいやな作業だ。その掃除の日に給食を食べてしばらくすると我慢できないぐらいに腹がいたくなってくるのは仮病ではなくて本当のことで、大悟としては早退するしかないのだった。そして学校を出て一人で家に向かって歩いていると、腹の痛みはすっかり消えているのだが、不思議にそうなるんだからしかたがない。

大悟はアヒル小屋の中の藁の束の中にアヒルの卵を見つけた。餌をやりに行った時のことである。坂口彩音が牛乳を吸ってぶよぶよのパンとかの餌をアヒルにやることに夢中になっているので、しらけて見物だけしていて小屋の隅でその卵を見つけたのだ。

卵は二個あった。鶏の卵より大きい。

アヒルは四羽もいるのだ。四羽もいるから餌だってかなりの量で、それを入れたバケツは重くてたまらない。そして、四羽が大量に糞をするからアヒル小屋は水びたしにして洗ってもいつも臭いのだ。

もう二羽アヒルが増えたらたまらないぜ、と大悟は思った。

そうしたら足元がよろけて、ころびそうになった大悟は小屋の壁に手をついた。足が藁の束のほうへ流れて、靴が卵を踏んでいた。

彩音が何も気づかなかったので大悟はアヒルの池からゴミをすくう作業をした。

アヒルの卵が二個、割れている姿で発見されたのは次の日だった。みんな、うわー、と大きな声を出した。女子の中には、生まれてこなかった雛（ひな）のことで泣いているようなのまでいた。

先生はこういうことを言った。

「あの小屋では狭すぎて四羽しか暮らせないんだと思うの。そういう時には、親鳥が自分で卵を踏んで割ってしまうことがあるのよ。それが自然界の仕組みなのよ」

大悟はびっくりしたように言った。

「すっげえ、頭いい！」

3

アラベスター消しゴムを集めるということが大悟の周囲の小学生の間で流行している。

アラベスターというのはゲームの名前で、謎とスリルに満ちた孤島で、敵とか怪獣とかと闘（たたか）いながら、財宝を手に入れていくというものだ。そしてそのゲームに登場するキャラクターがチャーミングなので、それぞれにファンがついたりして近頃少しばかり熱いのだ。

その人気に便乗しているのが、アラベスター消しゴムだ。ゲームの中のキャラクターや、戦闘用のアイテムなどの形の消しゴムであり、そのパターンは二百以上あるそうである。

だからみんな、その消しゴムを集める。売られている時はプラスチックのケースに入っていて、どんな形の消しゴムが出てくるのかわからないので、買うことにスリルがあった。そして、自分の好きなキャラクターを手に入れたくて、つい何個も買ってしまう。デザインがよくて色の見事なお宝キャラに当たると宝くじに当たったような喜びすら味わえる。

というわけで、大悟の周りの子たちはみんなアラベスター消しゴムを五個や六個は持っているのだった。二十個以上集めている子だって稀（まれ）ではない。

そして、その消しゴムで、鉛筆で書いた文字を消している子はほとんどいない、というのがいかにも現代ならではのことだった。アラベスター消しゴムは、消しゴムではあるのだけれど、文房具の消しゴムとはちょっと違うものなのだ。それはコレクションのアイテムであり、仲間と交換したりする財産であり、時にはギャンブルで取ったり取られたりする賭け用のチップのようなものであって、ホントに字を消しちゃうのは変人なのである。

そういう、字を消すことのない消しゴムが流行していて、大悟ももう十個以上持っていた。そしてもちろんのこと大悟は、本当はそれをもっともっと持っていたかった。好きなものを数多く持つことに憧れるという子なのだから。

だが、小遣いに限度があってその消しゴムをそんなには買うことができなかった。コレクション用の箱いっぱいに、百以上もその消しゴムを持つことを夢見ながら、実際には十個そこそこしか持てないのだ。それっぽっちのアラベスター消しゴムじゃあなんの価値もないじゃんか、と思っていた。

それで、同じクラスの篤の家に遊びに行った時、悪魔的な名案が浮かんだのである。西本篤の家へ遊びに行ったのは、大悟だけではなく、大森定晴もいっしょだった。そしてそこで自慢のアラベスター消しゴムを見せあったのだ。大悟と定晴はお気に入りの消しゴムを三、四個持っていっただけだが、篤のコレクションはすべて見せてもらった。それは二十個あまりのなかなかのコレクションだった。

それを見ていて、大悟は喉から手がでるほどにほしいと思った。こいつらのコレクションを全部取りあげて一人占めしたら、なんと幸せだろうか、と思ったのだ。篤も定晴も、そんなに気の強いほうではなく、どちらかと言えば子分タイプのおとなしい子だった。大悟が親分タイプというわけでもないのだが、その二人に対してなら強い口調でものが言えるのだ。

最初は、深い考えもなしに欲の深い言葉が出た。

「お前たち二人さ、おれにアラベスター消しゴムを一個ずつよこせよ」

もちろん二人は、そんなのいやだ、と言う。

「なんで的場にやらなきゃいけねえんだよ。持ってる分が減るじゃんか」

「ひとにやるために買ったわけじゃねえよ」

そこで、大悟は口から出まかせを言い始めた。

「違うんだよ。ただよこせって言うんじゃねえんだ。みんなの消しゴムが増えるいい方法があるんだよ」

「なんで消しゴムが増えんだよ。そんな魔法みたいなことがあるわけねえよ」

「おれに消しゴムをくれるとよ、お前たちもまた別の二人から消しゴムがもらえるってことにすんだよ。だからみんなの消しゴムが増えるんだ」

「どうして消しゴムがもらえるんだよ。そんな都合のいい話があるわけねえじゃん」

「そういう、アラベスター・クラブってもんを作るんだよ。そうすると全員が儲(もう)かるんだってば」

という言葉を口にした時、大悟の頭の中にそのアイデアの原形が生まれた。初めはまだもやもやとした予感のようなものだったが、本能的に、これはうまくいくはずだ、という気がしたのだ。

「おれに消しゴムを一個くれてよ、お前たちはクラブのメンバーになるんだよ。そうすると、ほかのメンバーを二人集めなきゃいけないってことにすんだ。そんでもって、その二人から一個ずつで、合計二個の消しゴムがもらえんの」

「じゃあ、トータルで一個儲かるじゃん」

と定晴が言った。

「でも、その二人のメンバーが、どうして消しゴムをくれるんだよ。おどして取りあげるなんてできないよ」

と、篤は弱い声で言った。

「違うんだってば。おどして取りあげるんじゃなくて、アラベスター・クラブのメンバーになるってことは、一個出して、二個もらえるっていうやり方に参加するってことなんだよ。全員が同じことをやるんだから、全員が一個儲かるんだ」

「そんなの変だよ」

「変じゃねえよ。おれが篤と定晴を仲間にするだろ。そしたら、お前たちも二人ずつ仲間を誘うんだ。そんなのできるだろ」

「できるけど」

「そんで、お前たちに誘われた二人ずつの、合計四人がまた仲間を誘うんだ。そのやり方で、みんな、一個出して二個もらえるじゃん」

「全員が、消しゴム一個ずつ得すんのか」

「なんで消しゴムが増えるんだろ」

大悟の頭の中には、その素敵なクラブのシステム図がはっきりと思い描けた。そして、そのやり方に変なところはひとつもない、ということが確信できた。

ところがそこで、大悟の頭にひらめきが走ったのだ。一個出して二個もらうだけじゃあ、一個しか儲からない。それをもっと儲かるようにするにはどうしたらいいのか、いきなり思いついたのだ。

「わかったぞ。もっと消しゴムがたくさん手に入る方法がある」

大悟は興奮のあまり大声を出した。

4

ちょっとノートを貸せよ、ということになって、大悟はノートの白紙のページに次のような図を描いた。

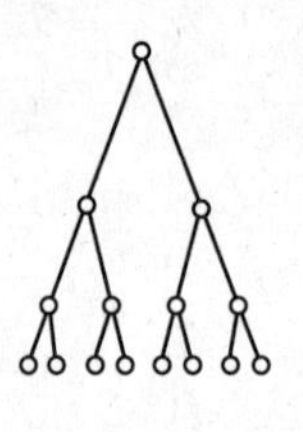

「こうなるわけだよ。今、いちばん上にある丸が、これを言いだしたおれだ。で、その下の二つが、篤と定晴な。その下は、お前たちがクラブに誘う二人ずつ。その下は、そのまた下のメンバー。わかるだろ、一人が二人ずつ誘うからこうやってメンバーが増えてくんだよ」

「それはわかるよ」

「うん、そんでよ、いちばん上の丸から見て、一段下は子のメンバーってことだ。その下の四人は孫のメンバー。その下の八人はひ孫のメンバーってこと」

「家系図みたいになってんだ」

と篤は言った。

「そうだよ。いちばん下の一個の丸から見るとよ、ひとつ上の段が親のメンバー、その上が、ジイちゃんのメンバー、その上が、ひージイちゃんのメンバーだ」

「おもしれえ」

と定晴が笑いだした。

「おもしれえのはここから先だよ。まずこのクラブのメンバーになるとよ、三個の消しゴムを出さなきゃいけねえってことにすんだ。自分を誘ってくれた親と、その親を誘ったジイちゃんと、そのジイちゃんを誘ったひージイちゃんの三人に、一個ずつ消しゴムをわたすんだよ」

「なんで消しゴム取られるんだよ」

「そのやり方だと、全員が儲かるんだよ。子と孫とひ孫から、消しゴムがもらえるんだからよ。えーとそれって、二足す四足す八で、十四だ。十四個の消しゴムが入ってくるんだぞ。三個出して十四個入ってくるから、全員が十一個の儲けだ」

「全員が儲かるわけないじゃん。いちばん下のひ孫は、消しゴム三個取られるだけなんだもん」

と言ったのは篤だ。

「違うよ、わかんねぇ奴だなあ。このクラブのメンバーになるってことは仲間を二人誘うってことだから、ここで終りじゃなくてずーっと続くんだよ。こうなってんだよ」

そう言うと大悟はノートを引き寄せて、さっきの図に描き加えた。

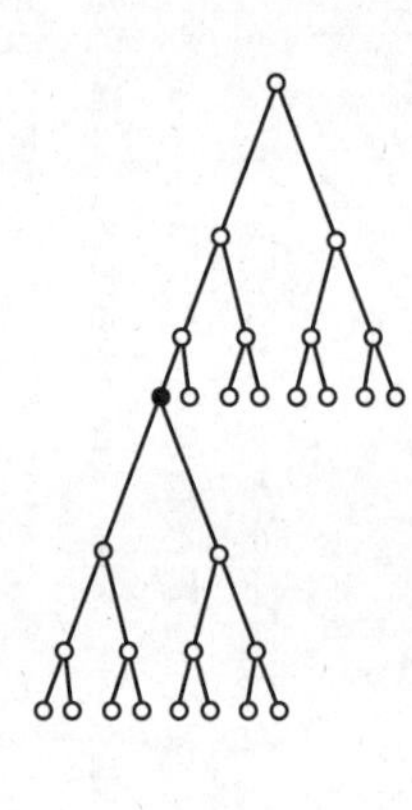

「ほら、こうだよ。この黒い丸がさっきの図でいちばん下だった奴だよ。そいつも子を二人誘うし、子たちは孫を四人誘うし、孫たちはひ孫を八人誘うんだよ。だから、この図の中のどの丸にも、親とジイちゃんと、ひージイちゃんの三人がいて、子と孫とひ孫が十四人いるんだ。だから、三個消しゴムを出すと、十四個入ってくるんだよ。それがアラベスター・クラブだ」

「すっげえ」

と定晴は言った。

「そんなふうにいくのかなあ。手品みたいじゃん」

篤は慎重だった。

「うまくいくに決まってんじゃん。クラブのメンバーになるためにしなきゃいけないことは、仲間を二人誘うだけなんだぜ。誰だって誘える子が二人くらいはいるんだもん。うまくいかねえ理由がねえよ」

「二人くらい仲間を誘うのは簡単にできることだと思うけど」

「なら問題ねえじゃん」

大悟は自分の考えたことの素晴しさに顔を紅潮させていた。

すると定晴が言った。

「この図のよ、いちばん上の奴には親とかジイちゃんがいなくて、消しゴムを出さなくてもいいんだよな」

大悟はうん、とうなずいた。

「それがおれだよ。このクラブを考えついた人間だから、ほかよりちょっと得なんだ。誰にも消しゴムを渡さなくていいから十四個まるまる儲かるんだ」

「いいなあ」

「でも、二代目のメンバーも得だぜ。おれに消しゴムを一個渡すだけで十四個入ってくるんだから十三個儲かるんだ。それがお前たち二人だよ。そんで、お前たちに誘われてメンバーになった三代目は、二個出して十四個入ってくるから十二個の儲けな。そんで、それより下の代は、みんな同じで十一個儲かるってわけだよ」

「おれたちも十三個儲かるんならいいや」

　と定晴は納得した。

　十歳の的場大悟が、アラベスター消しゴムをたくさん手に入れたい、と思ったが故に考案してしまったこのシステムこそが、俗に言うねずみ講である。それを禁じる法律で使われている言葉で言えば、無限連鎖講だ。

　無限連鎖講にはいろいろなやり方があるのだが、大悟の考えたものが最も基本的なものであり、その原形だと言っていいだろう。そのシステムの一員になるには、二人のメンバーを勧誘しなければならないのだが、二人くらい仲間を誘うことは簡単なように思えるところがミソだ。

　無限連鎖講というのは、純粋に数学的に考えるならば、理論通りにうまくいく。大悟の考えたやり方で、すべての会員が消しゴム十一個儲かるのである。しかし、それは数学としての理論上だけのことである。

全員が儲かるためには、この会員のピラミッドが無限に続いていかねばならず、つまり人の数も無限でなければならないのだ。しかし、現実にはそんなことはありえない。

誘うメンバーがわずか二人、というので、そのぐらいならなんとかなりそうだ、という気がしてしまうところにある種のトリックがあるのである。

大悟の描いたメンバーのピラミッド図で、二代目は二人、三代目は四人、四代目は八人と、倍々に増えていく。そして、倍々に増えるというのは実はものすごいことなのである。

このやり方で、十代目の人数は何人になるかというと、五一二人である。初代からそこまでの、合計メンバー数は、その二倍から一を引いた一〇二三人となる。

小学生がそういうクラブに、一〇二三人ものメンバーを集められるであろうか。いや、一〇二三人集めただけでは駄目なのである。それでは十代目で終りということであり、十代目の五一二人は消しゴムだけ取られて自分のところには何も入ってこない。その子たちも得するためにはその下へもずっとピラミッドが連鎖していなければならないのだ。

十五代目のメンバーは一万六三八四人となり、そこまでの全メンバー数は三万二七六七人。

二十代目のメンバーは五二万四二八八人となり、そこまでの全メンバー数は一〇四万八五七五人。

二十七代目でメンバー数は六七一〇万八八六四人となり、そこまでの全メンバー数は、一億三四二一万七七二七人と、日本の人口を超えてしまうのだ。そしてそこで終りとなったら、何ももらえないメンバーが六七一〇万八八六四人もいるのである。暴動になってしまうだろう。

つまりそのように、無限連鎖講で全員が得をすることは、現実にはありえない。だからこそこれが法で禁じられているのである。

5

しかし大悟は、自分がそんな犯罪に手を染めているなんて夢にも思っていない。ねずみ講、という言葉さえ知らないのであり、無限連鎖講と言われてもキョトンとするばかりだ。大悟にしてみれば、ただ、いいことを思いついちゃった、ということなのである。

ただ、なんとなくやばいかも、という予感はあった。これは親や先生に知られちゃまずいことかもしれない、という気がしたのだ。

大人って、子供が何か得をすると必ず、やめなさいって、止めに入るものだからだ。たとえささやかな消しゴムでも、すごく儲かっちゃった、なんて言ってると必ず先生は、そんなことしちゃダメって言う。どうしてだかわからないけど、大人は子供が得することを許せないのだ。

だから、学校でメンバーを誘ったり、大っぴらに消しゴムのやりとりをするのは禁止、というルールにした。こっそりと消しゴムを渡すぐらいはいいけど、これで何個儲かっちゃったなんて言うのは絶対になしだぞ、ということにしたのだ。

アラベスター・クラブは秘密のうちにスタートし、初めのうちはうまくいった。

消しゴムを渡す相手をちゃんと知っておくというのがややこしいかな、というのがやり始めた時の心配の種だった。自分を誘ってくれた親メンバーと、その親メンバーと、そのまた親メンバーをちゃんと覚えておいて、いちいち上位のメンバーに消しゴムを渡していくというのが、何度も重なるとわけがわからなくなってしまわないかな、と心配だったのだ。

ところが、実際にやってみるとそれは、すごくシンプルに運営できるのだった。すべてのメンバーは、自分を誘ってくれた親メンバーだけを知っていればいいのだ。その親に誘われて、メンバーになることを決めたら、親に消しゴムを三個渡すのだ(二代目のメンバーは一個、三代目のメンバーは二個でいいのだが)。そして自分はメンバーを二人誘う。

もらった消しゴムを、次のように配ればいいのだ。

三個もらった時は、自分が一個取って、残る二個を自分の親メンバーに渡す。二個渡される時もある。つまりそれは、孫メンバーからまわってきた分だ。その時は、自分が一個取って、残る一個を親メンバーに渡す。

一個渡される時もある。ひ孫メンバーからまわってきた分だ。その時は、自分がそれをもらっておき、親メンバーには渡さなくてもいい。

そのやり方をすれば、混乱することなく消しゴムは正しくメンバーに配分されていく。そして、うまく回転している限りは、結局自分の取り分は十四個の消しゴムになるのだ。三個出して十四個手に入るのだから、十一個の儲けである。

みんなが、家や学習塾などでメンバーを勧誘しあうようになり、消しゴムがひそかにやり取りされていった。

そして、約二週間後には、計算通りに十四個のアラベスター消しゴムが大悟の手に入ったのだった。それらはすべて、篤と定晴から手渡しでまわってきた。

狙(ねら)い通りの大成功だった。こんなにうまくいっていいんだろうかと、こわくなるほどである。

大悟は、篤と定晴がそれぞれ、誰をメンバーに誘ったかは知っていた。だが、その下のメンバーとなると、知っていたり、知っていなかったりである。それを知らないままでもクラブはうまく運営されていき、消しゴムがまわってくるのである。

ただし、言うまでもなく、それがうまくいっているのは、大悟や篤や定晴が、若い世代のメンバーだからである。篤と定晴も、予定通り十三個の消しゴムを手に入れて大いに満足している。

だけど、下位の世代のメンバーが、ちゃんと消しゴムを儲けているのかどうかはよくわからない。誰がどういうメンバーなのか知らないからである。

知らない奴のことはどうでもいい。予定通りに消しゴムをたくさん手に入れられたのだから、大悟はもうそのクラブには興味を失った。アラベスター消しゴムがいっぺんに十四個も増えたのである。笑っちゃうくらいにいい気分だった。

実際にはどうなっているのかというのを少し想像してみよう。このことの陰には、最初に消しゴムを三個取られて、それっきりという子がたくさんいるのである。自分もメンバーを誘おうと思うのだが、周りの子はもうほとんどすべてが既にメンバーで、人を見つけられない、というケースが多いだろう。また、ある種の気の弱い子は、消しゴムを取られたことをふってわいた災難のように考えて、自分は仲間を作ろうとせず、あきらめてしまうかもしれない。

そういうふうにメンバーの集まりが不十分になるので、なんとか消しゴムを儲けた子でも、計算通りに十一個は儲けられない。三個出して、六個入ってきたからまあいいか、というような子もいるだろう。三個出したら三個戻ってきたのであきらめる子もいる。

そして、圧倒的に多くの子は、よくわからないうちに消しゴムを三個取られて泣き寝入りなのである。

ただし、誰かが親戚の子を誘ったりしてこのシステムがよその学校などに伝わり、そこの知恵者が自分を初代とする分家のようなものを作れば、そこにまたほんの少し儲けてしまう者が出る。ただそれだけなのである。

アラベスター・クラブのことはついに先生にバレることなく、泣き寝入りをした子を何人か出して下火になった。ひとのことはどうだっていい、と考えれば、大悟にとってはそれは素晴しい名案で、いっきょに消しゴムの所有数を倍増させたうまいやり方となった。篤も定晴も消しゴムを儲けて大喜びしている。

ただし大悟は、こんなにうまく儲かった裏には、損をしている者がきっといるはずだという気が直観的にして、このことはもう言わないようにしようぜと、何人かのメンバーに言い渡した。

6

ところがちょうどそんな頃に、パソコンで電子メールをやっている母の瑞江が、こわいメールが来ていると騒ぎたてるという出来事があった。

「確かこれって、ねずみ講のメールよ。これは犯罪なのよ」

面白そうだと思ってうかうかと参加すると、それは犯罪に加担したことになるのだ、と言った。そして、結局はお金を騙(だま)し取られるだけなのよ、とも。

その、電子メール無限連鎖講は次のようになっている。ある人のところにいきなり、次のようなメールが来るのだ。

三千円の投資で、数十万円を手に入れる夢のような会のメンバーになりませんか。
参加する人は、まず次の三つの口座に千円ずつ振り込んで下さい。
①××銀行　×××××番の何某氏。
②右に同様の別の口座。
③右に同じ。

そしたら次に、三つの口座の最初の①の口座を消し、②③の次に自分の銀行口座を書いた、これと同じメールを作り、友人知人に出す。五十通、百通となるべく多く出したほうがよい。ただそれだけのことで、数日後からあなたの口座にどんどんお金が振り込まれてくる。何十万円にもなるだろう。場合によっては百万円以上になることも夢ではない。

当会のやり方は、上の代の人を順次外していくのでねずみ講ではなく、法に触れるものではありません。

というようなメールである。そしてこれはもちろんいわゆるねずみ講、無限連鎖講であって、法に違反している。こういう誘いには乗らないほうがいいという瑞江の意見は正しい。

ただ、これは電子メールというものを利用している点が、実にうまい現代ならではのやり口なのだ。自分でメンバーを説得して集めなくてもいいところが、ＩＴ時代らしい簡単さなのだから。

ただ、同じ文面のメールを作って百人ばかりに送るだけでいいのだ。そしてもし、送ったうちの十人ばかりが興味を持ってメンバーになって金を振り込んでくれるのだとしたら（おそらく、なかなかそうはいかない）、一代が十人で、三代のメンバーからの入金があるのだから大変な数である。一代ごとに十倍になって位があがっていくのだから、三代下のメンバー数は一〇〇〇人である。合計で一一一〇人から入金があって、一一一万円の儲けとなる。三千円の出費で。

だが、現実にはそうはいかない。百人にメールを送っても、参加してくれるのは一人か二人がやっと、ということに、下位のメンバーほどなる。あてずっぽうにメールを送るだけなのだから、同じ人のところへ何度も同じメールが届いて、またこんなのが来たか、と無反応になる場合が多くなるのだ。

そもそも、一代ごとにメンバーが十倍になるというのはとんでもないことで、それだと八代目のメンバー数は、九ケタの一億人になるのだ。そんな連鎖が成立するはずがないのである。

「こわいわねえ。こんなメールがいきなりうちのパソコンに送られてくるんだもの。メールのアドレスは不用意にいろんな人に教えているものねえ」

などと瑞江は騒ぎたてて、夫の慶悟にも報告をしていた。そういうものに引っかからないように用心してくれよ、と慶悟は言った。

両親のその話をきいていて、大悟はなんだかヒヤリとした。

その、電子メールを使った悪いことのやり方が全部理解できたわけではないのだが、なんとなく直観的に、それはおれの作ったアラベスター・クラブと似たものじゃないだろうかという気がしたのだ。儲けたい人は会員になって、仲間を集めよう。上の会員にものを渡すシステムを作ろう。

どう考えても、消しゴムのやり取りと、その悪い金儲けは似ているのだ。それは警察に捕まるような悪いことなんだと両親が言っている。あのことは絶対に秘密にしよう、と大悟は胸の内で思った。

するとそこで、姉の恵利が発言をした。いつもは親の話になんか何の興味も示さず、問いかけたって返事もしないような恵利がこう言ったのだ。

「そういうのにひっかかる人って、欲張りなんだよね」

「それはどういう意見だい」

慶悟は、むずかしい年頃の娘が会話に加わったことだけで機嫌をよくしてそうきく。

「よくニュースでやってるじゃない。すごくお金が儲かる会に入りましょうというやり方で、騙されてお金が戻ってこない人が出ちゃったというような事件のことを」

「うん。そういう事件はよくあるぞ」

「そういうのって、人を騙してお金を出させた犯人も悪い奴なんだけど、出した人もよくないでしょう」

「詐欺にひっかかったわけだけどな」

「なんにもしないで儲かるという話を信じちゃうからいけないんじゃない。その人が欲張りだから、そんなのにひっかかるのよ」

「うん。それも確かにあるな。詐欺事件というのは、どれもひっかかる人にも落ち度があるんだよね。ついつい欲が出て、うまく儲けようとしてしまう心が、騙されるもとなんだからな」

と慶悟は言った。

「うますぎるような話には、なんか危ないところがあるのよね」

と瑞江も言った。

すると恵利は、チラリと大悟のほうを見て、バカにしたような口調でこう言った。

「同じおもちゃを三つも持ちたいと思うような欲張りだと、そういう犯罪にひっかかるんだよ」

大悟はムカッとした。恵利がある種喧嘩を売ってきていることは明白だったのだから。

しかし、その日の大悟は何も言い返さず、姉の言葉がきこえなかったようなふりをした。

7

三学期が半ばぐらいまで進んで、四年生でいることもあと一カ月ぐらいになった。五年生になると、大悟の行ってる学校ではクラスの編成替えが行われる。今のクラスメートたちとはバラバラになって、また新しく別のメンバーでクラスを作っていくのだ。そのことは小学生にとって、これまでのことにケリをつけて、新しい生活を始めるという意味のことだった。

だからこそ、そのどさくさを狙って、大悟はもういっぺんだけやってみることにしたのだ。

「なあ。お金が増える会ってのをやらねえか」

と、篤と定晴に提案したのだ。

「なんだよそれ」

「どうやってお金を増やすんだよ」

「お金が千円儲かっちゃう会、というのを作るんだよ。その会に入ると、誰でも千円が手に入るんだ」

篤と定晴は顔を見合わせた。

「それって、アラベスター・クラブと同じもんなんだな」

と定晴が言う。二度目だからわかりが早いのだ。

「うん、あれと同じだよ。メンバーになった者はよ、四百円払うんだ。そうすると、子や孫やひ孫のメンバーから千四百円入ってくるから、全員千円儲かっちゃう」

「前は消しゴム三個だったじゃん。なんで今度は四百円払うのさ。三百円でいいんじゃねえの」

と篤が言った。

「全会員がおれに百円払うってことにするんだ。親と、ジイちゃんと、ひージイちゃんに百円ずつだけど、それ以外におれにも必ず百円払うんだよ」

「ズルいだろ」

「ズルくねえよ。おれはその会を考えて、みんなに千円ずつ儲けさせるんだぜ。そんないいこと考えついたんだもん、アイデア料としてみんなから百円ずつもらって当然じゃん。それだと、四百円出して、千四百円入ってきて、ちょっきり千円の得になるところもすっきりしていていいだろう」

その時期というのは、アラベスター・クラブを作って消しゴムをやり取りしてた頃から四カ月がたっていた。そろそろまた次のことをしても、前のほとぼりはさめている頃だった。

大悟は慎重にこう言った。

「だけど、今度は動くのが消しゴムじゃなくてお金だからな。前より慎重にやらなきゃいけねえんだよ」

「うん」

「それはわかる」

と篤と定晴も理解した。

「大人はさ、子供がお金をやり取りしてるって知ると、必ずよくないことだと言ってやめさせようとするんだよ。こんなこと誰が始めたの、とか言って怒るんだ。だからこれは、先生とか親には絶対にバレちゃいけない。人に見られないように慎重にお金を渡していくんだ」

「初めに四百円ありゃいいんだな」

「うん。もうやり方はわかってるだろ」

篤と定晴に迷いはなかった。消しゴムの時に大儲けできたことは記憶に新しいのだ。今度もまた二代目のメンバーなので、一般メンバーよりはちょっと多くの金が手に入るところもいい。

すべてのメンバーが大悟に百円払うというルールも、こんないいやり方の考案者にはそのぐらいのことはあってもいいかと思えた。そして、大悟の手元にはいったいいくらの金が入ってくるのか、ということにも興味がわいた。

そこで、この会はスタートした。消しゴムの時とまったく同じやり方である。

入会すると、親に四百円払う。四百円もらった者は、百円を自分の取り分として、その親に三百円を渡す。そのように、メンバーの代を遡(さかのぼ)って百円ずつが渡っていく。

そして二百円を子からもらったメンバーは、百円を取って、残った百円を必ず的場大悟に渡さなければならない、というルールだ。だからこの会の別名を、的場会、というものにした。

四百円を払ってメンバーになった者は、子のメンバーを二人誘う。そしてどんどんメンバーは下の代へと連鎖していく。だから下から自分の儲け分のお金がまわってくるのだった。

ただしそれは、原則ではそうなる、ということであった。消しゴムの時と同様で、仲間二人をうまく誘えない子も出てくるのである。そして結局は、下位のメンバーが泣き寝入りをさせられていく。

四百円ものお金をみすみす取られて大損しているのに、そのことを親や先生に訴える子は出てこなかった。子供ながらに、現金をやりとりしているこの行為は、大人に罰せられるきわどいことだと感じているのである。これを大人に知られたら大変なことになりそうでこわいのだ。

気の弱い子ばかりが無理矢理メンバーにさせられて、四百円損をしていった。

そして、三学期が終了して、彼らは全員四年生であることを終えた。四月からは五年生になり、クラスが変るのだ。これまでのことはいったん終了、ということになる。

篤と定晴は、若い代のメンバーだから千三百円ずつ儲けた。大悟の近くにいて、よく知っている奴らはほとんどが儲け組だった。組織がだんだん大きくなっていって、下のほうの代のメンバーはよそのクラスの生徒だったりするよく知らない奴である。学習塾を通して広がっていったよその学校の生徒とか。そういう、よく知らない奴が結局のところ損をしているわけであり、知らない奴のことだからその悲しみのことはそんなに気にならなかった。ちゃんとみんなが会員を増やしていけば誰も損なんかしないんだ、と思っているから、損するのは自分たちの努力不足なんだよ、という気がするのだ。

的場大悟の手元には、結局のところ、六千七百円が渡ってきた。この会のメンバーは必ず大悟に百円払う、というルールなのだから、この会に入った人間の数は六十七人だということになる。

だが、本来大悟に払うべき百円をくすねているような奴も何人かはいると考えるのが普通で、結局この会に関わった小学生は百人くらいいるのではないかと推察できる。そういう、子供の世界での無限連鎖講だったのだ。

とにかく、大悟は自分は一円も払わず、ただこの会を作っただけで六千七百円儲けた。

「みんな、欲張りだからかえって損しちゃうんだよ」

と大悟は友だちに説いているという。

重松衣子の万引き　3,480

1

　左右にふらふらよろめいて走るやけにスピードののろい自転車を追い越そうとしたら、ぶつかりそうなほど寄ってきたので片足をついて停止した。むこうの自転車に乗っているのは六十歳を超していそうなくたびれた女性で、こっちが止まってやったからぶつからずにすんだというのにあやまるでもなく、そのままよろよろと前へ進む。自転車を意のままに操ることができず、走り始めてしまったら自分の意思では止められないという感じだった。

　その女性はすぐ先の角を左に曲がるのだが、いちばんのインコース、コーナーのギリギリで曲がろうとするから、ちょうどそこへ歩いてきた若い女性にぶつかりそうになった。ひゃっ、と女性に声まであげさせて、ぐらぐらっとよろけたがなんとかぶつかることだけは避けてそれでもあやまりもせずに通過していく。

やめてほしいよ、と衣子は思った。あんなふらふらとした乗り方しかできなくて、東京の市街地で自転車になんか乗るんじゃないよ、だ。少なくとも咄嗟の時は片足を地面について止まれるんでなきゃ、本来歩く人のための歩道で自転車を乗りまわしちゃいけない。

角を曲がる時は、なるべく道の中央部で曲がるというのが常識だ。それを、歩く人がなるべく短く行こうとするのと同じに、角のギリギリで曲がるというのはひどい話だ。曲がったところに人がいたらぶつかるしかないではないか。

ああいうおばさんがいっぱいいるからやんなっちゃう、と無性に怒りがこみあげてきた。

衣子の自転車走行の技術はまずまずのものである。前に人が何人もいて追い抜けない時には、ほとんど止まっているぐらいの速度で追い越せるタイミングをじっと待っていられる。そういう時に、どけどけとばかりにチリンチリンを鳴らすのは都会人のやることではないと思っていた。

七月の台風が日本の南海上を通過して、風は大したことないが雨が一日中降ったのがおとといで、きのうからは陽ざしがカッと力強くなりうだるほど暑い。
　そんな中を、自転車で十五分もかけてスーパーに着いた時には汗みずくになってい
た。化粧なんかしていないから、タオル地のハンカチで汗をごしごしとふいた。
　もっと近くにスーパーがないことはないのだが、このあたりでいちばん野菜と肉が
安いスーパーだからそこへ来るのだった。食べ盛りの男の子を二人抱えているから、
肉の安いのはありがたかった。
　ところが、スーパーの中に入れば冷房がききすぎて鳥肌が立つほど寒いのだ。衣子
はそんなに冷房に弱いほうではないが、でも長くいるとおなかが痛くなってきそうで
急いで買い物をしてしまう。
　こんなに冷やすことはないだろう、と思ってしまうのだった。どれだけの電力を使
っていることやら、というのが気になるのだ。店の外にムッとする熱風を吐きちらし
て、中だけを涼しくしておくことにかかる電気代ってものが許せない。その費用が商
品の値段に上積みされているなんてふうにみみっちく思うのではなく、お金がたれ流
しになっているイメージがいやだ。
　ほんの数十円安くあがるからと、遠いスーパーまで自転車で来て汗だくになってい
る自分の苦労があざ笑われるような気がする。

重松衣子は四十二歳の主婦で、中学二年と小学六年の男の子を持つ母だ。週に五日間、午後四時までのパートタイマーをしている。夫の徹は四十四歳で、結婚してから十六年目の夫婦だった。

子供のためにトンカツ用の肉やハムを多めに買い、おやつにアイスクリームのカップを三つ。ひとつは自分用だ。

一個百円のアイスクリームに手をのばしつつ、その隣にある宝石箱のデザインのものをものほしげに見た。あれが食べたいな、と思っていてずっと手を出しかねているものだった。アイスクリームが入っているのだとは思えないような重厚な箱で、それはひとつで七百三十円もする。日常的に子供に買い与えられる値段ではない。

でも、いつもその箱には目を奪われてしまうのだ。それでいて、手を出すことのできない自分が悲しくなってくる。自分には買えないものがある、という現実がショッピングをするたびに目の前に突きつけられるのだ。

衣子は宝石箱入りのアイスクリームを恨んでいた。

2

衣子のしているパートはセールスの電話だ。机以外には何もない殺風景なオフィスで、六人から八人のパートの女性がひたすら電話をかけまくる。

その会社の商品をセールスするのではなかった。そこは、電話セールス代行会社なのだ。だから、墓地はお持ちでしょうか、という内容だったり、羽蒲団(はねぶとん)はいかがですか、だったり、お子さんの学習セットはどうです、などの電話をリストをたどってかけまくる。

名簿会社というものがあって、セールスごとにそこからふさわしい名簿を買うのだそうだ。だから、学習セットを売ろうという時には、ちゃんと小学生の子供のある家のリストになっている。お墓の時には、五十歳以上の世帯主の家に電話をかけるのだ。

「こちらは、日本墓石協会と申しますが、墓地についてのアンケートにご協力いただけますでしょうか?」

ほとんどの場合、今忙しいので、などという理由で断られる。十軒かけてようやく一人アンケートに答えてくれる人にぶつかるくらいだ。

お宅には決まった墓地はありますか、その墓地は住まいから近いですか、将来的には墓地を購入する予定がありますか。

そんなアンケートを取って、リストの所定の欄に答を記入していく。時給制だから、アンケートがいくつ取れたかでギャラが決まるのではないが、あまりに結果が出なければ注意されてしまうのであり、なんとか数をあげたいと必死になってしまうのだった。

墓地の場合はアンケート形式になっているが、それ以外のものは、資料が見たい、とか、一度詳しい説明がききたい、などという答を引き出すのが目的である。そのように記入しておけば、その会社のセールスマンがその家を訪ねる、というやり方になっていた。

単調で、つまらない仕事だった。ただリストをたどって、次から次へと電話をかけていくだけなのだ。そして、ムカッとするようなことが多かった。

「セールスお断りです」

なんて言われ、叩きつけるように電話を切られることが珍しくなかった。むこうの腹立ちが伝わってきて、こっちも同じくらいムカムカするのだ。

柴崎さんがヒステリーをおこしたのを、衣子は目のあたりに見たことがある。その時はアンケート形式になった電話だったのだが、セールスお断りと言われてガチャンとやられたらしい。柴崎さんはブルブル震えるほど興奮して、その同じ家へすぐさまもう一度電話をかけた。そして先方が出るなり、

「セールスの電話じゃありません！」

と叫んでガチャンと切った。

しかし、顔も見えない相手と喧嘩してみても虚しいだけだ。それに、アンケートの形をとってはいるが、煎じつめればそれがセールスの電話だというのはわかりきっているのだ。五十五歳の柴崎さんは、このパートをするにはプライドが高すぎるのかもしれない。

衣子はプライドなんて捨てて、仕事と割りきって録音テープのように同じことを繰り返すようにしていた。

「マイナス・イオンの働きによって、体の血がサラサラになるという研究があるのをご存じでしょうか」

何も考えず、ただマニュアル通りにセールス・トークをするのだ。

「従来のマイナス・イオン発生装置には、発生したイオンを遠くへ飛ばす機能がついていなかったんですが、当社のものは従来の六倍の広さに拡散することができるんで

すの」

電話をとったのが、声の冷たい男性だということはわかっていた。この時間に家にいるのは、自由業なんだろうかと思った。

衣子には、自分の言ってることが理解できているわけではなかった。決められた通りにしゃべって、興味を持ってもらえばいいわけである。

しかし、その男性はなんだかあきれたような声でこう言った。

「何を言ってんだろ」

「はい、あの」

「マイナス・イオンって何のことだかわかってんの。わかってないでしょ」

そのクールな口調に、頭から冷水をかけられたような衝撃を受けた。

「ですから、血液がサラサラになりまして、健康のためにすごくいいんです」

「血液のことなんか持ち出すと薬事法にひっかかるんだよ。自分が何をやらされているのかぐらいわかってなきゃダメよ。わけもわからずただしゃべっているんじゃ鸚鵡(おうむ)なの。言われた通りにしゃべるだけで、その意味がわかってないんじゃ人間じゃないんだから」

そう言って相手は電話を切った。

震えがきた。だから衣子は、オフィスを出て階段の踊り場でタバコを吸った。学者なんだろう、と思う。大学教授か何かで、自分は何でも知っていてこの世でいちばん賢いと思っているのだ。誰に対してでも教えるようにしゃべり、軽蔑を隠さない。

ぶち殺してやりたいぐらいのものだ、と思った。

だが、タバコを二本吸ってオフィスに戻り、衣子は電話セールスの仕事を続けた。

3

下の直也(なおや)の担任の教師から電話をもらったのは夜のことだった。直也くんのことで、お目にかかってお話ししたいことがあるんですが、と言われた。では、あさって学校のほうへまいります、と衣子は答えた。

その電話があったことを、六年生の直也には言わないでおいた。夫の徹にも、まだ言わない。どんな話なのかわかってから言うかどうか考えることにした。

約束の日、パートをいつもより早く切りあげて、衣子は自転車で小学校へ行った。放課後の学校の職員室に、菊池(きくち)という女性教師を訪ねる。なんとなく、いやな話が待っているような予感があった。

菊池というベテランの女教師は、衣子を家庭科室へ案内し、そこで話をした。

「もうじき夏休みですけど、その前にお母さんにお話ししといたほうがいいと思ったものですから」

と教師は言った。

「あの子が何かしたんですか」

ときさながら、直也がこの頃学校のことを話さなくなっているのに気がついた。

「友だち同士のふざけあいだと思うんですけど、重松くんがほかの男子に軽い怪我(けが)をさせたんです」

「怪我を……」

「遊んでいて、カンチョーというおふざけをやったんです。両手を合わせて、指で相手のお尻を突く遊びです。普通は、やられたほうがキャッと悲鳴をあげる程度ですむんですけど、男の子は力だって強いから思ったより危険なんです。以前に、直腸を傷つけて入院した子だっているんです」

「そんなにひどいことをしたんですか」

「今回はそこまでは行ってないと思います。やられた子が、恥かしがる年頃だからお尻を見せてくれないんですけど、しばらくは痛そうにしてました。でも、まあそこまでのことです」

「そのお宅へあやまりに行くべきでしょうか」

「その必要はないと思います。やられた子も普通に学校へ来てますから。ただ、きいてみるとどうも、一回だけのことじゃないようなんです」

　胸が騒ぐのをおさえ、とにかくきくしかなかった。

「何人もの男子が重松くんに同じことをやられているらしいんです。重松はキレると手かげんなしでカンチョーをしてくるからこわい、という子もいました」

「そんなことを……」

「それだけじゃなくて、教室での様子を見ていて、どうも精神状態が不安定だという感じに見えるんです。集中力が失われていて、授業中もなんだか上の空という感じです。そして、行動も衝動的なんですね。いきなりノートを破ったりするんです」

「ひとをいじめたりするんでしょうか」

「今のところ、それはないと思います。ただ、なんだか心が安定していなくて、イライラしている様子に見えるということです。ですから、もうすぐ夏休みに入ることでもありますし、ちょっと注意して見てていただくようにお話ししておこうと思いまして」

正直なところ、直也の心が不安定だなんてことに気がついてはいなかった。この頃、中学二年になった上の亨輔が急に無口になって弟とも遊ばなくなったので、家の中が静かでいいぐらいに思っていたのだ。上が大人っぽくなった分だけ、下の我がままが目につくかな、ぐらいのことだった。

だが、教師にそう言われてみれば、確かにあの子、ちょっと乱暴になっているかもしれない、と思い当たる節はある。何かがほしいと言いだして、買ってもらえない時のふてくされ方が尋常ではなくなっていた。ドアを蹴とばすような、粗暴さが見られるのだ。

親だもの、実はちゃんと見て、わかっていたのかもしれない。あの子は、思い通りにならないことで心がすさんでいるのだと。

あの子は感じ取っているのだ。まず先に両親の心がすさんでいることを。

「成長の時期ですから、いろいろとぎくしゃくすることもよくあるんです。ですからご両親がお子さんをよく見てて、話し合える関係でいて下さるのがいいんです」

わかりました、と言って頭を下げるしかない。

「重松くんの心が不安定になるような原因に心当たりはありますか」

菊池はさりげなくそうきいた。あまり深入りをしないように配慮しているのがわかる。

「いえ、何もありません。そういう年頃なんだろうか、と思うだけです」

と衣子は言った。

この先生に本当のことを話してもみじめになるだけだと思ったからだ。

心が不安定になる原因は非常にはっきりしているのだが、ひとに話したくはなかった。

4

直也のことを、徹の耳に入れた。一応言っておくべきだろうなと思ったからだ。一家のことの中心にその家の父親がいる、ということにしておくべきだろうとも思ったし。

しかし徹は予想外の反応を見せた。

あいつ、何に不満があるっていうんだ、という怒り方をしたのである。心が不安定になるなんて、それ自体が許せない、という反応だった。

「直也には思う通りにならないと爆発するようなところがあるんだ。こらえるってことができないんだよな」

そういう話じゃないだろう、と衣子は思った。だんだんものを考えるようになってきた微妙な年頃の子が、何かの原因でイラ立ちやすくなっているということだ。ふざけてやってるつもりの暴力が、ほかの子の脅威になっているらしいのは、ちゃんと話をしなきゃいけない問題だ。何にでも程度というものがあり、自分はそんなに悪気がなくても、程度を超えればみんなの迷惑だということを落ちついて話しきかせるべきなのだ。

だが、徹は不快そうな表情でこういうことを言った。

「自分の欲望を抑えられないのは馬鹿だってことだよ。どうもそういうとこがあるんだよな」

「どうする？」

と衣子はきいた。

「いっぺん注意するよ。ちゃんとわからせておかなきゃいかんのだから」

それで、次の日、夕食前の時間を捉えて徹は直也を呼び寄せた。

「お前、学校で暴れて人にいやがられているんだってな」

「そんなことない」

「ないわけがあるか。先生が、困ったことだと思って、お母さんを呼んで相談したんだぞ」

「うそだ」

「そんな嘘を言うわけないだろ。ごまかそうとするな」

兄の享輔が、さり気なく立って自分の部屋へ逃げる。万一とばっちりを食ったらたまらない、というところであろう。

「学校に呼び出されたんだぞ。親に恥をかかせるんじゃないよ」

台所に立ってそのやりとりをきいていて、衣子はちょっと違うんじゃないかと思った。親の恥だなんてまったく考えていなかったし、そういう言い方は子の自尊心を無視していると思う。親は関係なく、自分を抑制できる人間になりなさいと教育すべきだろう。

「困ったことなんかしてないもん」

「周りの者に、カンチョー、とやっていやがられているんだろ。それはわかっているんだ。あれはな、やる方もやられるほうも危ないんだよ」

「やる方も?」

「うん。突き指をしたり、指の骨を折ったりするんだ。それで、やられるほうは尻の穴の中を傷つけて、出血しちゃうことだってある」

「そんなにひどくはやってないよ」

直也の声に笑いが含まれているのは、カンチョー、とやって指がすっぽりと尻の穴に入ってしまう場面というのを想像したからだろう。

「ひどくない暴力なんかないんだ。自分がそんなことやられたらやだろう。やなことは人にもやるなということだ」

「遊んでるんだよ」

「嘘を言うな、馬鹿」

徹の声が大きくなった。まぎれもなく叱られている感じになって、直也がおびえる。

「カンチョーなんて卑怯なことをするなよ。あれはな、ふざけてるだけだよ、というのを言いわけにして笑いながら人を痛めつけるところが卑怯なんだ。やられた人間がやり返せないことをするな」

「みんな、笑ってたもん」

「笑ってるもんか。お前のことを嫌いになってるんだ。それでお前は、ムカムカすることがあると人を痛めつけてウサ晴らしをするような人間になっていくんだ。そんなの、いちばんいやな人間だぞ」

「しないよ」

「したんだろ。面白くないことがあると、暴力をふるうんじゃないか。それはいちばんみっともないことだぞ。自分の気持に振りまわされているんだ」

「暴力じゃないもん」

「ごまかすな」

と言って、徹は直也の頭を平手で叩いた。

衣子は出ていこうかと思いつつ、それをためらってしまった。徹は、なぜか下の直也だと安易に叩くのだ。軽くピシャンとやるだけだから虐待なんかではないのだが、どうして直也だと叩くのか不思議だった。

「また学校で何かやったら誕生日のプレゼントはなしだぞ」

「夏休みだもん」

なんて下手な叱り方だろうと、衣子は少しあきれた。お前は悪い子だ、いやな子だ、ピシャンでは、まるで教育になっていないではないか。ただ、親のほうが気分を害して子供に当たっているだけだ。

そう思ったら、親と子が同じだと気がついた。

徹は息子の心が不安定だと言われて動揺しているのだ。おれのせいなのかと、感情を害している。だから、直也に当たっている。

ムカムカすることがあると、言動が粗暴になるという点で、そっくりな親子なのだ。ひとに当たるのではなく、自分をなんとかしなさいよ、と衣子は言いたかった。

5

徹が勤めていた製菓会社をリストラされたのは二カ月前だ。衣子がそのことをきかされたのは、いよいよそうなるという一週間前のことだった。

突然に夫が職を失うときいて、何をどう考えればいいのかもわからない気分だった。どうしてそんなことになったの、というのが、夫を責める言葉のようで口にできなかった。

「私たちどうしていくの」

というのが衣子の口にした言葉だった。

徹がプライドの喪失と、生活へのプレッシャーと闘っているのはひしひしと感じられた。

なるべく冷静に、徹は言った。

「もちろん、仕事を探すさ。何だってやるつもりだ。その覚悟があれば、何か見つかるだろう」

「そういう時代だものね」

と衣子は見当違いなことを言った。どうしていくの、ときいてから、リストラ時代だよね、と言っているわけで話がつながっていない。それだけ動揺していたということだろう。

「しばらくは苦しいかもしれないが、頑張るしかないさ」

だが、頑張ろうにも生活の土台が脆弱だった。四年前に家を買っていて、ローンの残高はまだ気が遠くなるほどあった。そして、この家だけは手離したくない、という思いが衣子にはあった。

貯えも、ほとんどない。子供が食べ盛りで、教育費がこれからだんだん重荷になってくるところだ。

衣子のパートは月に六万円ぐらいにしかならない。それはローンの支払いの助けになればいいというものだったのだ。

当面は、やめるにあたって会社が出してくれたわずかな涙金と、失業保険で生活していくしかなかった。失業保険が出ている間になんとか次の仕事を見つけてもらうしかない。

徹が必死に職探しをしていることはわかっていた。向いた職種でなきゃいやだなんてことは言わず、求人があれば面接に出かけているようである。

しかし、当節にはその求人がなかなかないのだ。四十歳以上というだけで募集が激減するのだそうだ。猛暑の七月に背広を着て各社をまわり、でもまだ採用にはこぎつけていない。

衣子は、生活の不安をなるべく徹に言わないようにしていた。いつになったら給料を入れてくれるの、と言ってしまっては夫婦の心が離れてしまうと思うのだ。毎日のことは私がなんとかやりくりしていくから、家のことは心配しないであなたは仕事探しを頑張ってね、という心づもりでいるようにした。きっとうまくいくわよ、と元気づけの言葉をかけるようにもした。

それで、不安定になってからまだ二カ月である。半年やそこいらは、苦しい生活を覚悟しなければならないのはわかっていることだ。

なのに、だんだんとゆったりした平常心でいられなくなってくるのだった。やけにムシャクシャしたり、寂しくなってきたりしてしまう。時々、大きな声を出してわめきたいような気分になり、自分のことを可哀そうだよね、と思うと涙ぐみそうになる。

　やるべきことをちゃんとやっていくだけなんだ、と思い、パートだって続けている。パートによる収入はあくまで補助でしかないのだが、それだって貴重なものである。なるべく成績をあげようと努力するのは、長く続けたいからである。

　以前より節約を心がけるようになり、食事のおかずも、できあいを買うよりは自分で作るほうが多くなった。そのほうが安くあがるからだ。牛肉をあまり食べなくなり、豚肉をよく使うようになった。

　だが、みじめったらしいほどケチケチはしないように心がけている。なにせうちは、マイホームを持っているのだ。子供にもお金がかかるが、その子たちに悲しい思いはさせたくない。普通ぐらいの小遣いはあげたいではないか。

　そんなふうに、生活を急変させるのではなく、うまくやりくりしているつもりだった。

　だが、それでも子供には伝わってしまうのだ。我が家が苦しい状態にあるということは無言のうちに子供に伝わり、それで直也は心が不安定になってしまうのだ。あの子はその不安の晴らしようがなくて粗暴になっているのだ。

　享輔がろくに口をきかなくなってしまったのも、家のせいなのかもしれない。思春期のあの子は、親に失望しているのかも。

なんでリストラなんかされるのよ、と思ってしまう。リストラって、要するにクビってことじゃない。どうして会社をクビになんかなっちゃうのよ。そういう人だったということなの。私はそんな人と結婚したっていうことで、結婚が失敗だったわけなのか。

世の中の不況風のせいだ、今そのせいで苦しんでいて、闘っている人がいっぱいいるんだ、というのがわかっていながら、ついそういうふうに思ってしまったりする。もう少し頑張らなきゃいけない。真面目で働く意思もある人間が、どこにも勤められないなんて変なんだもの、きっとこのピンチは切り抜けられる。

だからせめて、家の中が暗くなっちゃうことのないように、前向きに頑張ろう。直也にも言おう。ちゃんと誕生日のプレゼントは買ってあげるからねって。

切り抜けてみせる。

絶対に安定した生活を取り戻すのだ。

衣子は自分にそう言いきかすのだった。

そして、絶対にこの家は手放さないから、と執念を込めて思った。

6

「私どもが建設をすすめておりますツイン・シティ48は、新しい高層マンション時代に先駆けた、資産運用型マンションとして各方面から注目を集めているんです」

手引きの冊子を見ながら、衣子はそんなふうに声を張って言った。十三軒目でようやく話に喰いついてくれた主婦がいて、なんとかセールスマンを派遣するぐらいの話にまとめたいと張り切っているのだ。

「場所はどこでしたっけ」

と相手が言った。リストを見て電話をしているのだから、相手の住所や姓はわかっている。世田谷区に住む林葉さんが、この話にちょっと興味を示したのだ。リストには男性の名があるが、電話に出たのは女で、妻だってことなのだろう。

どうも話し方で、私より年下の女性らしいという気がした。

「麻布です。そこも魅力のポイントなんですよ。麻布の、通りに面した角地です。それまで、古い店舗がいくつも密集していた地域なんですが、その店舗がマンション・ビルの一、二階に出店するということで話がまとまり、四十八階建てのコンテンポラリー・マンションが生まれることになったんです」

「麻布はいいわよね。街がおしゃれだもんねえ」

「その麻布のイメージを更に高級なものに変えてしまうだろう、と言われている物件なんですよ。ですから、ここに住むこと自体がステータスになりますもの」

「いくらぐらいなのかしら」

妻ではなくて愛人なのかもしれない、と衣子は思った。どうも、主婦の生活感がなくて、何でもねだれば買ってもらえるというような、浮わついた感じがするのだ。

「それは間取りによっていろいろですが、１ＬＤＫタイプで四千万円台から、３ＬＤＫでテラス付きの一億一千万円台までというところです」

「麻布でそれぐらいって安くないですか」

「そうなんです。だからこそ、林葉様にいち早くこうしてお知らせしているんですの。ご承知のように、地価がこのところぐっと下がっているからこそ、この価格帯で提供できるんですね。十年前でしたらこの倍の価格がついただろうと思われるんですけど」

「安いですよね」

「だから、資産運用にも持ってこいなんですよ。この先、確実に値上がりすることが見込める物件なんですから」

　マンションのセールスをしているわけで、その時ここに電話しろと渡されるリストは、高額納税者名簿というものだった。毎年税金を一千万円以上納めているという人間が、リストにずらりと並ぶほどいるってことだ。

「そうなのよね。今買っとけば絶対に損することはないと思うの」

「そうなんですの。最近、マンションが活気づいてきているという情報はご存じだと思いますけど、あれもよく調べてみますと、高級でいて、価格帯がリーズナブルなものだけが動いているんですね。その点このツイン・シティ48でしたら、麻布で四十八階というだけで人気は保証されているようなものですから」

「それはいいんだけど、実際の外観とか、間取りを見なきゃ何とも言えないですよね」

「もちろん、その通りですよね。ですから、モデルルームを実際に見ていただくのがいいかと思うんですが、その前にまず、当社の営業の者がお訪ねして、パンフレットなどをお見せしてご説明するようにいたしましょうか」

「来てもらうと、決めなきゃいけなくなっちゃうからなあ」

「そのご心配はいりませんわ。営業マンは今、毎日何軒かの上流家庭をまわってご説明しているんですから」

手引きの冊子には、その、上流家庭という言葉を使うように、という指定があった。お宅様のような上流家庭にだけ特にご案内申しあげているのです、と言えという指示だ。

金を持っていればこの国では上流家庭なのだ。なんてつまらない国なのだろう。

「パンフレットを送ってもらうだけでもいいんですけど。私、マンションの間取り図を見るのが好きだから」

「いいえ。営業の者が持ってうかがいますわ。間取り図だけではわからないこともございますから。陽ざしの方向とか、ドアやフローリングの材質とかを、担当の者から直接きいてお確かめ下さい」

「じゃあ一度、来てもらおうかな」

「わかりました。そのようにいたします。ご案内はここで区切りとさせていただき、後日当社の営業の者がお電話をして、日時の約束をしておうかがいするということでよろしいでしょうか」

「はい。そうして下さい」

「そのように手配いたします。林葉様の生活にゆとりをもたらす幸せな出会いとなりますことを願っておりますわ。それでは、私はこれで失礼させていただきます」

電話を切って、リストに○印をつける。その横に『麻布に憧れ、乗り気。40代の主婦？』と書き添えた。

この、マンション・セールスに限っては、もし話がまとまれば多少のマージンが出る、ということになっていた。だから、大いに成果が期待できるいい電話だったということになる。

だが、衣子はなんだか腹の底に澱がたまったような気分になっていた。

数千万円から一億ぐらいするマンションを、おしゃれだから、という理由で買う人間もこの国にはいるのだ。

なんてつまらない国なんだろう、ともう一度思った。

7

このままでは老後、骨粗鬆症になってしまいますよと医者に言われ、カルシウムを摂るために牛乳を飲んでいる友だちがいる。短大の時の同級生の眉美だ。眉美から電話がかかってきて、あれこれ健康談義をした。

「でもさあ、今度は牛乳の飲みすぎで、コレステロール値が高くなっちゃったのよ」

「やだ、藪蛇(やぶへび)じゃないの」

「どうしていいんだかわからなくなっちゃうわよ」

「小魚を食べたりとかのほうがいいのよ。しらす干しにしなさいよ」

「あれも毎日食べてたらいやにならない」

「そうだけど、腰が曲がったお婆さんになるのはいやでしょう。コレステロールはこわいから、牛乳はやめるべきだけど」

眉美とはもう一年以上会ってないのだが、電話ではちょいちょい長話をするのだった。友だちとのとりとめない雑談には、精神を落ちつかせる効果があった。

「善玉コレステロールだったらいいんだけどねえ」

「あのさ、私思うんだけど、善玉コレステロールっておかしいよね」

「なんで？」

「だってさ、今までずっと体に悪いものだってコレステロールのことを警戒してたんじゃない。なのにある時いきなり、いや、善玉コレステロールというものもあるんです、という話になるのよ。これはむしろ、あったほうがいいんだって」

「そうらしいよ」

「でも、名前のつけ方が変だわよ。悪いものに、善玉をつければいいものになっちゃうのよ。じゃあ、善玉ストーカーとかいうものだっているかもしれないという話にならない」

「何よそれ。善玉ストーカーってどういうことするの」

「知らないけど、言葉としてはそういうことだって言えるじゃない。善玉テロリストとかさ」

「それはありえないと思う。善玉テロリストなんていう言い方はあっちゃいけないよ」

そんな、馬鹿な思いつきをしゃべっていられるのも、古くからの仲間ならではで、いっとき憂さを忘れられるのだ。

ところが、眉美はいきなり話題を変えて、こういうことを言い出した。

「それでさ、里江や陽子やクキちゃんたちと今度、会って何か食べようよって話になったんだけど、衣子の都合はどうかな」

ヒヤリ、として椅子から立ちあがってしまった。今の電話はコードレスだからそういうことができる。受話器を耳に当てて歩きながらこう言った。

「いいわねえ、それ。いつのこと」

壁のカレンダーのところへ行き、先月のままになっていたから一枚破って捨てる。

「土曜日よ。二十八日に、イタリアンの安くておいしい店があるから集まろうって話になってるの」

友だちに、夫がリストラされたことは話してない衣子だった。

「二十八日か。何かあったかしら」

安いと言ったってレストランである。ワインを飲むことにもなるはずで、そのワイン代が痛いのだ。それに、そのレストランだけですむとは思えなくて、そこから居酒屋へ流れるなんてことになるのが普通だ。

「ああ、ダメだわ。二十八日は藤沢からうちの両親が来ることになっているのよ。そこで五日間ぐらいとられちゃうの」

「そんな大変なことがあるの」

「夏休みだから子供を見に来るのよ。もううちの子も、お祖父ちゃん、お祖母ちゃんが来たって喜ぶわけじゃないんだけどね。でも、無視するわけにもいかなくて」

「そりゃ、そうでしょうね。残念よねえ」

「うん。残念ーん。その集まりには行けないわ」

「そうか。それじゃあしょうがないわよね」

と眉美は言った。

「うん。今回はパスするしかないみたい。また何かのチャンスには行くけど」

そう答えるしかないのである。

イタリアン・レストランでワイン付きの食事を楽しみ、それから居酒屋へも行くとなると、一万円近くの出費を覚悟しなければならないのだ。夫が失業中の今の家計にとってその金額は大きすぎた。

「せっかくなのに残念だけど、今回はそうするしかないのよね」

「じゃあまたの機会に誘うよ」

「うん。そうして」

通話を終えてから衣子は黙りこくってしまった。みじめだよなあ、という気がしてしまったのだ。

友だちに久しぶりに会おうかと誘われて、出費がネックになって嘘をついてでも断るしかないのだ。見栄を張ってリストラのことを隠しているからでもあったが、なんにしてもお金のせいで人とつきあえないというのは寂しいことだ。友だちがいなくなっちゃうんだ、私、と衣子は思った。

8

　でも、お真紀とはつきあった。お真紀というのは旧姓が及川真紀子で、女子高の時からの友だちだ。今は近くに住んではいないが、高校生の時は家も近くてよくいっしょに遊んだ。短大の時の友だちより、高校の時の友だちのほうが自分のすべてを見られているという気がするのだった。

　それに、お真紀のところも、夫が陶芸家と言うか、もっと本当のところを言ってしまうと陶芸教室の先生で、そう有名というわけじゃないから生活は楽ではない様子なのだ。だからお真紀とは、かなり本音をさらけ出してつきあうことができた。

　日暮里で服を買わない、という誘いだった。ものすごく安いものがあるのよ。それに、今はニポカジ（日暮里カジュアルの略）がおしゃれだって言われているんだよ。

　日暮里は古くから繊維品の問屋街があったところで、そんな店が今は、業者への卸売り以外はお断りなんてことを言わず、どんどん安く衣料品を売っているのだ。デフレで、価格破壊している世の中を逆に楽しんでしまえ、という流れである。そうやって口コミで評判が広がり、若い娘たちの集ってくる街にしてしまったほうが街の活性化にもつながるというわけだった。

日曜日、そこはかなりの人出で、衣子も久しぶりにショッピングを楽しんだ。評判通り、信じられないほど安いものがあって楽しくなってくるのだ。千百円のワンピース。八百円のスカート。二百五十円のTシャツ。四十九円のソックス。衣子ははしゃいで七、八点買ってしまったが、それでも五千円でおつりがくるのだった。

すごく得しちゃったよね、という充実感を抱いて衣子は幸せな気分になった。紙袋にいっぱいの服を一度に買ったことなど何年ぶりだろうという気がするぐらいのものだ。

コーヒーでも飲もうよ、ということになって店を探した。セルフ・サービスの安いコーヒー・ショップが多くなってきて、それもデフレのせいかもしれないが主婦にはありがたいことだ。二人とも、夕方までには帰って家族の食事の用意をしなきゃいけない、という心づもりでいた。

駅前を歩いていて、横断歩道の前に立ち止まったところで、いきなり制服の女学生に声をかけられた。

「募金をお願いします」

見ると、胸の前に段ボール製の募金箱を持っていた。

「アフガン難民救済のための募金をお願いしまーす」

歩いているならばさりげなくよけて通るということもできるのだが、横断歩道の前に立ち止まっている状態では逃げようがない。早く信号が変らないものか、と衣子は思った。

「アフガンに学校を建てるための募金です。ご協力をお願いします」

と、将来は、神の救済についてお話をしたいのですが、と一軒一軒回って歩くことになりそうな、生真面目な印象の女子高校生は言った。

そこで、お真紀が眉を吊り上げて、腹にすえかねるという様子で言った。

「募金活動は道の端に立ってやりなさい」

相手はその見幕に思わず一歩下がった。

「狙いをつけて人を追いつめるようなやり方をするのはやめなさい。そういう活動ではないでしょう」

高校生は無言で去っていった。そこで信号が変り、二人は道路を渡った。

コーヒー・ショップに落ちついてから、お真紀は興奮さめやらぬ顔つきで言った。

「怒っちゃったな、おばさんは」

衣子はこう言った。

「ああいうのって、本当に困っている人のところへお金がいくのかどうか怪しいものだもんね。アフガン難民救済だなんて言っといて、自分たちの宗教の金集めだったりするのもあるんだってよ」

「そういうの、あるんだってね」

とお真紀も言った。だが、お真紀の怒りはそれとは別のところにあるらしい。

「でもさ、あれが本当だったとしても私はいやなの。寄付して下さい、とか言われるとすっごくムカつくのよ」

「どうして」

「確かに世界には困ってる人がいるかもしれないわよ。援助が本当に必要なところもあるわよね。だからそのための募金箱がどこかに置いてあるのはいいの。だけど、さっきみたいに直接、ご協力をお願いしますって言われると、なんで私に言うんだ、と思うのよ。私にはそうする義務があるみたいなこと、どうしてあなたが判断するんだ、と思うの」

「こっちだってギリギリの生活してて、助けてもらいたいぐらいだと思うものね」

「そうでしょう。そういうことを何も考えないやり方だよね、ああいうのって。幸せそうに生きてるだけで、人のためにお金を出して当然だ、みたいなこと言ってるのよあれって。そんなこと決めないでよ、と思うわ。そういうことは、ちゃんと税金だって取られているんだからそっちで何とかしてほしいじゃない」

「もっとお金のある人のところへ行ってほしいわよね」

「でしょう。なのに、道端でお金をせびるっていうのは何よ。私の生活ぶりを知ってもいなくて、どうしてそんなことねだってくるんだ、ふざけるなって思うの」

寄付したくない、という話ではなかった。寄付という立派な行いは、どこで誰に求めてもいいんだというような、強引さと、それを平気でしてしまう無自覚な傲慢さに腹が立つということであった。

一足四十九円のソックスを二足買って幸せな気分になっている人間に、寄付の麗しさを突きつけるのは暴力ではないのか、という話であった。

「貧乏してるから、お金のことになるとムキになっちゃうのね」

少し落ちついてきてお真紀はそんなことを言った。

「お金ってさ、人間を差別するじゃない」

「お金が？」

「うん。日本には人種差別はないなんて言うけどね、お金があるかないかで、はっきりと差別されてると思うの。買える人間と、買えない人間とに人を分けているんだよ、お店というのは。ひどいことをされるわけじゃない、と言うかもしれないけど、見るだけで買えないものがある、という思いを味わわされているんだよ。それだけで十分にひどいことだよね」

お真紀の言うことはよくわかった。今の衣子には、金が人を差別するということが実感できた。

数千万円のマンションを衝動買いする人間が一方にいて、一方に、七百三十円の宝石箱入りのアイスクリームが買えない人間がいるのだ。

「私さあ、一生買えないだろうなあ、という高い商品を見てて、石をぶつけてやりたくなる時があるもの」

お真紀は笑ってそんなことを言った。その日衣子は、夫が会社をリストラされちゃって大変なのよ、ということを初めて友人に打ちあけた。

9

享輔が自転車に乗って友だちのところへ行ってしまったので、衣子は徒歩で、家にいちばん近いスーパーへ買い物に出た。自転車なしで、いつもの安い店まで行くのはちょっと大変すぎるからだ。

もう子供たちは夏休みに入っていて、家の中で騒いでいる。直也の粗暴な行動のことは、結局あのままになってしまっていた。何も解決していないのだ。

でもそれが当然のことかもしれない。徹の仕事はまだ見つかっていないのだから。

スーパーの中は、まだ午後三時で暑すぎるせいかガランとしていた。そしてもちろん、冷房だけはガンガンにきいている。

普通よりは高級路線を打ち出しているスーパーだった。そんなのは、主婦には野菜のコーナーを見ただけでわかることだ。値段も高いのだが、置いてあるものが違うのだ。

イタリアン・パセリ、ルッコラ、ディル、なんていう洋風の香草の並んだ棚があるかと思えば、別のところに京野菜の一角が設けてあったりする。そういうものを買って楽しんでしまう客層を重視しているってことだ。

しかし、レタスも大根もあることはあるのだから、そういったいつも買うものを買い物カゴに入れる。

ゆったりとした商品展示だった。通路が広くとってある。そして、いつものスーパーにはないような珍しいものがたくさんある。

私には買うことのできないものだ。石をぶつけることはありえないとしても、復讐（しゅう）してやりたくなるような、恨みの対象。

何への恨みか。

お金への、だ。

お金で世の中はこうできていて、私はそのお金がないほうの生活をしている。

保存食品コーナーへ曲がり込むと、客が一人もいなかった。少なくともその一瞬だけは、誰にも見られていない。

衣子は商品に手をのばして取ると、それを買い物カゴへではなく、持ってきている布製の手さげ袋の中に入れた。

それから少し歩いて、もうひとつを、そしてその並びでもうひとつの商品を、手さげ袋に入れた。

レジで計算をしてもらって払いをすませる。そして、台のところで買ったものをもらったビニール袋につめていく。

そこで、背広を着た年配の男に声をかけられた。

「ちょっと失礼します。この手さげ袋の中を見せていただけませんか」

しまった、と思った。

やっぱりちゃんと見ているんだ。

こうなるに決まっていたんだ。

「何ですか」

と衣子は鈍い声を出した。だが、もうどうしようもないことはわかっていた。

手さげ袋の中から、代金を払ってない商品が三つ出てきた。

「ちょっと、オフィスのほうへ来ていただきます」

と男は言った。騒ぎたてはしない。このことに慣れきっているという余裕の態度だった。

言われた通りにするしかなかった。

衣子が万引きした商品は、次のようなものだった。

細長い気取った瓶に入った、エキストラ・バージン・オリーブオイル。千二百円。

ガラスのミルに入っている、サーレ・ディ・ロッチャ。要するに、イタリアの岩塩が格好のいいミル式の瓶に入っているものだ。九百円。

そしてもうひとつは、実は本物ではなく、ランプ・フィッシュの魚卵にすぎないところの、瓶入りキャビア。千三百八十円。

計三千四百八十円が、衣子の万引きしたものの代金である。

どれもそんなにほしいものではなかった。

桜田ナオの援助交際　50,000

1

　ナオは亀井部長のことを、ウザくて、きたなくて、サイテーのオヤジだと思っていた。近くへ寄ってくるだけでなんかオヤジ臭くて、そばへくるんじゃねえよ、と言いたくなるぐらいだ。

　ところが亀井は、そう思っているナオにやけになれなれしく近寄ってきて、へらへら笑いながら声をかけるのだ。それがすごくスケべっぽくて、やめろよ、と言いたくなる。

「今日も可愛いね、ナオちゃんは」

　とか、

「さわったらパチンと音がしそうな瑞々しい肌だよねえ」

なんて言う。

さわったら殴るぞ、と思いながらそうは言わず、ナオは黙っている。それは亀井が、バイトしてる店の本部の会社の偉いさんだからだ。そういう相手に、バーカ、と言っちゃったらクビになるだろう。このバイト、今んとこ気に入ってるからクビになりたくはなかった。

桜田ナオは十六歳で、もう四カ月も学校へ行ってないがある私立女子高校の二年生だ。その学校というのが非常に規律のゆるいところで、四カ月休んでいるのに、どうしたのかときいてくるでもなく、出てこいと言ってくるでもなく、退学処分にもしない。一年分の授業料は払い込んであるので、出てきてもこなくても、どっちでもいいのかもしれない。だからまだ一応高校の二年生だ。

そのナオが、ここ二カ月しているバイトがドーナツ屋の店員だ。テレビでＣＭを流しているようなドーナツのチェーン店ではなくて、誰もきいたことのないような名前の店なんだけど、それでも東京都内に六店舗を持っているんだそうだ。それで、小さい会社なんだろうけど本部ってものがあって、亀井部長はそこから、週に一回ぐらいやってくる。

亀井誠（まこと）っていう名前で、まだ五十歳にはなっていないらしい、と副店長の沢木さんが言ってた。四十八歳くらいだろうか。

そして、店にきて店長やスタッフに、目標値が達成できてないとか、サービスの基本は笑顔だ、なんていう話をねちねちとやるのが亀井の仕事だ。かえって仕事の邪魔になってるだけじゃん、とナオは思うがそれは言わない。

そして、亀井は必ず制服のミニスカートから出たナオの脚をジロジロと見るのだ。制服は白のシャツと、白地にピンクの縦ストライプのミニスカートで、それは亀井の選んだデザインだという噂をきいたことがある。本当かもしれない。どうも亀井はミニスカート・マニアなのだ。

「相変らずナオちゃんには制服がよく似合ってるねえ」

と言って亀井はナオの生脚（なまあし）を物ほしげに見る。ストッキングなしで、白いソックスだけの制服なのだ。

ジロジロ見るんじゃねえよ、とナオが言えないのは、このバイトをやめたくないからだ。せっかくうまく続いているのに、やめたら時給八百円がふいになってしまう。八百円×五時間×だいたい二十日間で、約八万円のギャラがなくなってしまうのはキツイ。

お金がすごく必要なのだ。ナオには買いたいものが数えきれないぐらいある。服はどれだけあってもいいと思うぐらい常にほしい。靴も。ブランド物のバッグも。リングとかネックレスとかのアクセサリーも。腕時計も。新しいケータイもほしいし、コスメ類もいくらあってもまた買いたくなる。

今だって、ほしい物のすべてを買えてるわけじゃないけど、バイトをやめたらそのどれも買えなくなるってことだ。そんなんじゃ生きていけねえよ、とナオは思っている。

ナオの母の麗華は私立の託児所で子供の世話をする仕事をしている。夫とは離婚してて、ナオは父親の顔を知らない。

元ヤンキーだった割には、麗華は地味で真面目な仕事をよくやっていて、帰りが遅くなることも多い。ナオとしては、一応食わせてもらっている母親に文句はない。

しかし、麗華の仕事はキツイ割にはギャラが安くて、ナオにそう小遣いをくれるわけにはいかない。私立の女子校の授業料を払ってもらってるだけで、とりあえず感謝しとかなきゃいけないところだ。

だからナオはバイトをやめるわけにはいかない。たとえ亀井がマジむかつくエロオヤジでも、そんなのは無視してようと思っているのだ。

亀井はナオが本当は高校生だってことを知っている。高校生が学校のある時間にバイトしてるんだから、いわゆる不登校みたいなもんなんだろうと理解してるみたいだ。つまり学校へまともに通えなくて好き勝手なことをしているバカギャルだと思っているらしい。

だから、人の秘密を知っているみたいないやらしい顔をして、裏に意味があるらしい言葉をかけてくるんだ。

「若いんだもん、人生が楽しくってしょうがないんだろうね」

というのは、好き勝手なことをやりまくっているんだろうね、という意味だと思う。

そう言いながら、ナオの生脚を盗むようにチラチラ見ている。ナオは脚の形には自信があるけど、内心で、やめろよこのセクハラオヤジが、と思っている。ところが、表面的には、そんなことないですう、とかギャルっぽく答えてるんで、だんだん亀井は図に乗ってきちゃったのだ。

「今の若い子は、考え方が自由なんだよね。援助交際なんて平気でしょう。どう。ぼくと三万円で」

冗談めかしてだけど、ついに亀井はそんなことを言った。

何を言いだすんだ、このバカは、とナオは思った。グーで殴ってやろうか、という気がしたくらいだ。

援助交際って売りのことで、ちゃんと言えば売春じゃないか。それを、してるんだろう、ぼくとしない、なんて女の子に言うなんて、クソ失礼なことじゃないか。

頭にカッと血が昇ったけど、バイト先の偉いさんが相手だとの思いから、やっとのことでナオはこう言った。

「変なこと言わないで下さい」

本当は、バカ言うんじゃねえよ、クソオヤジ、と言いたいとこだったけど、かろうじて我慢したのだ。

ナオには今現在、つきあってる男がいない。四カ月前に、彼氏が二股かけてたことがわかって大喧嘩(おおげんか)して別れたのだ。そのことも学校へ行きたくなった原因のひとつだった。

だけどまあ、これまでに何人かの男とつきあっていて、当然だけどセックスしてる。

そういうふうにヤルのは普通のことなんだから。その日だけやけにムードがよくなって、あんまりよく知らない男とヤッちゃったこともある。でもそれだって、したい相手だからしたってことだ。

売りはしたことがない。しようかと思ったことすらない。そんなの当たり前じゃんか、と思う。

したくない相手とセックスするなんてやだ。力ずくで押さえ込まれて強姦されるのもいやだし、たとえお金もらったってイヤな奴とするのはやだ。だから、そんなことしようとは考えたこともない。ごくノーマルなことだと思う。

だから、亀井の、冗談めかして言ってるけどスケベな期待も実はこもっている口調に、ゾッとした。やめろバカヤロウ、だ。

でも、実際には困ったような顔をして、やめて下さいよ、という調子でたしなめただけにした。

「いや、冗談だけどさ」

と亀井は言ってへらへらと笑った。

どうもそれがよくなかったようだ。もっとびっくりした顔で、やめて下さい、ぐらいは言ったほうがよかったのかもしれない。そうは言わなかったので、亀井のそのアホな冗談は許されたみたいな感じになってしまった。

それで、亀井は店に顔を出すたんびに、そういうバカを笑いながら口にするようになったのだ。こんな冗談が平気で言える仲なんだよね、という顔をして、失礼なことを口走っている。

「いいよねえ、若さでピチピチしていて、ナオちゃんは。あー、援助してあげたい」

また言ってるよ、と思って相手にならずに逃げているうちに、だんだんナオは慣れてきてしまった。このオヤジはいつもそんなこと言ってるバカだから怒っても無意味だ、という気がしてきたのだ。もちろんそんなのは人がきいているところで言うんじゃなくて、店の奥ですれ違ったりする時に軽い口調で言うことで、冗談なのはわかってるよね、というニュアンスなのだ。

「ねえ、ダメかなあ、ナオちゃん。四万でどう」

ナオは、

「いやですよ」

と言う。

だけどその言い方は、目をつりあげて、裏返った声で「やめて下さい」と言うのよりはずっと穏やかで、怒っている感じにはならないのだ。オヤジにからかわれる若い女の子のとまどい、ぐらいのところに納まっている。

　そのせいで、そんな会話が二人の間のいつものジョークということになってしまった。ナオは亀井にそういうことを言われても、気にならなくなってしまった。

　ちょうどその頃、お金の面でピンチだったのだ。秋を迎えて新しいコスメをいろいろ買い揃えて、バイト代の蓄えが急速に減ってしまっていた。なのに、いつも行くファッション・ビルの中の店で見つけたブーツがたまらなくほしくなってしまった。そのブーツは一万九千円。今、これ買ったらもうスッカラカンだよう、と思いながら、ナオは誘惑に負けてそれを買ってしまった。買い物は楽しかったけどピンチである。次にバイト代が入るまでにまだ半月以上あった。

　その上、そこにもうひとつの誘惑が重なったのだ。ナオがいちばん愛しているフランスのブランドが、カジュアル・バッグの新作を発表したのである。スケルトンのビニールの手さげバッグだった。それは、何も知らない人から見れば、どうしてそのビニールの手さげがそんな値段なの、と言ってしまうかもしれない、四万八千円だった。ブランドのロゴが入っていなければ二千円で十分買えそうなものだが、ロゴが入っていれば四万八千円でも高くはなく、喉から手が出るほどほしい憧れの商品になるのだった。

ぐええ、とわめき声が出ちゃうくらいナオはそのバッグがほしかった。だが、どんなにほしくてもお金がなくて買えないのだ。お金を借りる相手もいない。麗華に買ってくれと言うのは、いくら何でもできないことだった。母が必死に働いて娘との生活を支えているのはナオにだってわかっていた。

でも、ほしいものはほしいのだ。こんなにほしくても買えない、と思うとくやし涙が出てくるほどだった。

そんな時に、亀井がまた店にやってきて、いつもの冗談を口にしたのだ。冗談の中でインフレがおこっていた。

「いいねえ、ナオちゃん。若さではち切れそうだよ。援助させていただきたいものだなあ。五万でどう?」

その五万円という金額にナオの心が揺れたのだ。グラグラ揺れた。

五万円あればあのバッグが買える。

たった一回の売りで、ほしいものが手に入るのだ。

ヤッてみようか。ヤッたってへるものじゃないんだし。

こんなオヤジとヤッたって、キモいしムカツクだけだろうけど、ほんのちょっとのことだと考えてマグロになってりゃすぐすむんだ。今までだって、ヤッてから、この相手は失敗だったな、と思ったことがある。それと同じだと考えりゃ、できなくはないぞ。

五万円は大きい。一回で五万円は、ちょっと考えてみる価値あるよね。

深刻に考えないで、予想外の人との出会いだと思やいいんだよ。店長のよく言ってる、一期一会みたいなもんかも。

目をつむってマグロになってりゃ、あんなのすぐすむ。それで五万円になって、あのバッグが買える。

ナオは亀井への嫌悪感のことを忘れて、やってみようかな、という気になっていた。

3

そのことを、ミサキに相談したのは、やっちゃいなよ、というあと押しをしてほしかったからだ。

ミサキはナオと同い年で、メル友っていうか、それより濃いつきあいの、友だちだった。学校は違っていたが、高校一年生の時に渋谷のクラブで知りあって、よくいっしょに遊ぶようになった。ミサキは高一で学校をやめて、それから美容師の学校へ行ってる時期があって、そこもいつの間にかやめて、今はいろんなバイトをしている。ティッシュ配りの名人だよ、私、なんて言ってたこともある。

ミサキが男にモテることをナオは知っている。すっごく胴が薄っぺらいのにFカップあるっていうプロポーションのせいだろう。ミサキが紹介してくれる彼はテレビの一クールごとぐらいで変っていき、時には前のと次のとが重なっていたりするのだ。男に関してはミサキに負けている、とナオは認めている。

そういうミサキだから、援助交際なんかなんでもないよ、と言ってくれるような気がしたのだ。

「私、売りをやろうかなと思っててさ」

そうしたら、ミサキの反応はまるで予想もしなかったものだった。

「何よそれ。エンコーのこと言ってるの」

「うん。五万円払うって言ってる奴がいるのよ。五万円はちょっと心動かされない」

「バカ言うんじゃないの。売りなんか絶対にしちゃいけないよ」

「あ、反対なんだ」

意外で、どう反応すればいいんだかわからなくなった。ミサキはそんなのへっちゃらだと思ってたのに。

「決まってるじゃん。売りとか、エンコーとか言うと何でもないみたいだけど、要するに体を売るんだよ」

「そうだけど」

「金もらって好きでもない相手と寝るんだよ。そんなの最低じゃん」

ミサキならそんなことも何回か体験してるかもしれないと思ってたぐらいなのに、思いがけないくらいムキになって反対してくるのだった。

「そうだけど、そいつのことだんだん慣れてきて、そういやでもないかな、って気もしてさ」

「ダメだよ。お金のためにヤルのはダメ」

「そうかなあ」

男を二股かけるようなことはしといて、売りには反対なのか。

「そうかなあって、ナオ、ちゃんと考えなよ。男と寝るのはいいけどさ、お金のためにヤルのって、人間として腐っていくことだよ」

「でも、五万円だよ。五万円もくれる人って、いい人だと思わない」

「そういうことじゃないんだよ。あんた考え方ちょっとおかしいよ」

ミサキの家にはちゃんと両親がいる。いるけど、頭のいいミサキのお兄ちゃんだけに期待してて、ミサキがどうなろうが心配もしてくれないんだそうだ。いつか、そんなことをちょっとだけきいたことがあった。

でも、両親揃ってるとこんなふうに、正しいことを言っちゃうのかな、とナオは思った。

「やめなさいよ。これ、本当にナオのこと思って言ってんだからね」

「男とヤルことなんか、なんでもないんだけど」

「そういうことじゃないの。金のためにヤッちゃいけないってこと。それって、自分のいちばん大事なものを、ドブに捨てるようなことなんだからね」

「私、何人もとヤッてるよ」

「知ってるよそんなこと。でもそれは、好きになってしたことでしょう。好きの程度はいろいろかもしんないけど、いい男だなって思って、したい相手だからしたんでしょう。そうじゃなきゃいけないんだって。セックスって、自分が好きになって、したいと思うからするもんなの。そうじゃなくて、好きじゃないけどお金くれるからヤルっていうのはダメ。それは結局自分を傷つけていくことなの」

「そりゃあ、好きな相手としたほうがいいけどさあ」

「いいけどじゃないよ。そうでなきゃしちゃいけないの。五万円ぽっちで自分を壊してどうすんの」

五万円は大きいんだけどなあ、とナオは思った。目をつむってほんのいっとき我慢してりゃ五万円なんだよ。亀井はウザいけど、異常な人間ってわけじゃなくて、こわいことはなさそうだし。

「私、ナオが売りをやるような人間なら、この先つきあっていけないよ」

とまでミサキは言った。

それにはナオもうろたえた。友だちがなくなっちゃうのは何より悲しいことだ。

「わかったよ。やらないよ」

「約束だよ」

「うん。ミサキがそんなに反対することはできないよ」

「私が反対するからじゃなくて、お金で売っちゃいけないものがあるってことだよ。セックスは、愛があってすることなの。愛はむずかしくてなかなかわかんないけど、少なくとも、好きだとその時思う相手でなきゃしちゃダメ。好きな人がいろいろ出てくるから何人ともするのはいい。でも、好きじゃなくてヤルのは人間のクズだよ」

「やらないよ。決めた。半分はしたくない気分だったんだから。ミサキの言う通りにする」

ナオは五万円のことはあきらめてそう言った。ミサキの強い口調に押されたのだ。友だちなくすなんて耐えられなかったし。

でも、その時頭の中にあったのは、ほしくてたまらないあのバッグのことだった。

4

面白くないなあ、という言葉が口を突いて出そうになる。ナオは口をぷっと突んがらせて、近寄ってくる人間を睨みつけるようにして日々を送っていた。

面白くないのはお金がないからだ。お金がないのは遣っちゃったからだが、とにかく、お金がないと生活がなんにも面白くない。ほしいものが買えないんだから。

あのブランドのバッグがほしいよう。あれが持てたら、自信たっぷりに街を歩けるのになあ。もちろん世の中にはもっと高い、高級ブランドのバッグがいくらでもあるけど、ナオが今ほしいのは、あのなんでもないスケルトンのビニール・バッグなのだ。ちょうど自分くらいの歳の者が持つのにピッタリで、もし持っていれば同年代の女の子に、わわわわっ、それ本物なの、うらやばじー、と羨望の声をかけられるだろう。それって、生きている幸福ってものだよね。

なのにその幸福が手に入らない。ほんの五万円くらいあればこの世に不満はひとつもないっていう気分になれるのに。

亀井部長はその五万円を私にくれるって言ってるのになあ。あいつはスケベだから、私とヤレるんなら五万円でも惜しくないいんだ。

そりゃそうだよ。ピチピチで、ただ街を歩いてるだけで男の視線が振り向けられる私とヤレたら、五万円なんか安いものだ。

それで、亀井は幸せになれて、私も五万円もらえりゃ幸せだ。

だけど、ミサキは絶対にしちゃダメだよって言う。

なんでミサキはそのことについてだけ堅いんだろう。

売りをやったら、人間としておしまいなのか。そうかなあ。

クラブで知りあって、その日のうちにヤッちゃったミュージシャンがいて、もう名前も覚えてないけど、それと売りとの間にそんなに大きな違いってあるんだろうか。

ま、確かに、あの時は相手がミュージシャンだってことに憧れがあって、自分が気に入ったからしたわけだけど。

亀井が気に入ってんのかと言われると、冗談はよせ、だもんな。ウザいし、オヤジ臭いし、ゲロゲロの相手には違いない。

そんな相手とヤルなんて最低のことだよ、というミサキに嫌われたくないしなあ。友だちなくすのなんて悲しくて耐えられない。

そんなふうに考えて、考えても思いがまとまらないナオだった。ただひたすらに、ほしいものが手に入らないいつまんなさばかりがこみあげてくる。くそっ、なんてつまんない人生なんだよお。

そんな思いでいるある日、亀井が店に顔を出して、販売成績のチェックをした。亀井は仕事上では人をほめない奴で、店長と副店長に、まだもっと努力できるはずだ、とか、ドーナツとは真ん中の穴という夢を売る商品なんだよ、なんてわけのわかんないことを言っている。要するに、自分は本部の人間だからキミたちよりも偉いのよ、と言ってるだけだった。

でも、そういう亀井も仕事以外でなら人をほめるのだった。ほめられた人間が、やめてくれよ、と言いたくなるんだけど。

制服姿のナオを見て、その中でも特にミニスカートからのびた脚を見て、亀井は言った。

「可愛いなあ。ナオちゃんはホント、その制服がよく似合うもんなあ」

たとえ亀井にだって、可愛いと言われて悪い気はしない。あんまりジロジロ見るなよ、と思いながらも、こいつは私のこと五万円の価値のある尊いものだと思ってるんだよね、というのはいやじゃなかった。

「そんな、口から出まかせばっかり言って」

とナオは半分くらいの笑顔で言った。

「出まかせじゃないよ。何の楽しみもない人生でさ、この店へ来てナオちゃんの制服姿を見るだけが癒(いや)しなんだよ」

癒しっていうのはいいなあ、と思った。私って癒し系かなあ。それ、今のはやりだよねぇ。

亀井が帰ってから、ナオは考えた。

ダサいオヤジだけど、あいつは私に五万円くれるかもしれないんだ。なんとかそれをもらっちゃう方法はないかなあ。

でも、売りはいけないんだ。ミサキが怒るから。

人間は、好きじゃない相手とセックスしちゃいけないんだから。

そこまで考えて、ナオは大きな瞳をパチパチッとしばたたいた。思わず、ニコヤカな顔になってしまう。いいことを思いついたのだ。

好きじゃない男とお金のためにヤルとミサキに絶交される。

だったら、好きになりゃいいんじゃん。

あの亀井のことが、好きになれば文句は言われなくてすむ。好きな人とそういう仲になるのは、とっても自然でノーマルなことなんだから。

好きな人として、五万円もらうのは、恋人にプレゼントされるのと同じなんだもん。だったら売りじゃないいんだもん、とナオは考えた。我ながら、なんて頭がいいんだろうと思った。

それで、次に亀井が店に来た時にこういうことを言ってみた。

「ナオちゃん表情が明るくていいよ。癒されるなあ」

と言う亀井に、

「それ、冗談なんでしょう」

と答えたのだ。

「冗談じゃないよ。ここへ来てナオちゃんに会うのが寂しい中年男の小さな喜びなんだもん」

ナオは近くに誰もいないことを確認してから、こう言った。

「私のこと好きなんですか」

「もちろんだよ。好きだなあ」

生脚を見つめていることは見逃して、内緒話のように言ってみる。

「だったら、何かおいしいもの食べさせて下さいよ」

亀井はギクリとしたような顔をした。

5

「ナオちゃんは何が食べたいの」

と亀井がきいた。

「私、焼き肉が好きなんだけど」

「わっ。いきなり焼き肉とはまた、生々しいなあ」

なんで焼き肉だと生々しいのかナオにはわからない。よく焼けば生々しくはないでしょうが、と思う。

焼き肉をいっしょに食べる男女はできている、なんていう一時代前の言い草を若いナオは知らないからだ。いっしょに食事したこともない相手とノリでヤッちゃったこともあるわけだし。

というわけで、ナオは亀井に焼き肉をご馳走（ちそう）になった。ナオがたまに同世代の友だちと行く、カルビ一人前三百八十円なんていう店ではなく、上カルビ千八百円、特上カルビ二千五百円というような店で、店内だって綺麗だった。

ちょっと遅めの夕食をそこでとる。もちろんバイトの制服から私服に着替えていたけど、それもミニスカートだった。ピンクの縦ストライプが、タータン・チェックに変っただけとも言える。

「嬉しいな。お肉うまそうなんだもん」

ナオはできるだけ明るい声でそう言った。顔つきだってニコヤカで、まつ毛がパチパチしている。

この人を好きにならなきゃ、と思いつめているからだ。

ダサくて、エロくて、どことなくオヤジ臭い相手だけど、なんとかして好きになるんだ。好きになれれば、ヤッても他人に非難されずにすむからだ。

この人のいいところは何だろう。何かいいとこがあるはずだもん、探さなきゃ。

と思っているのに亀井はおしぼりで耳のうしろまでふいた。ゲゲゲッ。

「お飲み物は何にしますか」

と店の人がきいたから、ナオはきっぱりと答えた。

「私は生ビールがいい」

何の問題もなく中ジョッキの生ビールが出てきて、店の人がさがってから亀井は言った。

「ナオちゃん未成年だろう。ビールはちょっとマズくないかな」

「ビールなんか水といっしょだもん。別に、店の人も何も言わなかったじゃない」

実際問題として、ナオがビールを注文したって何のトラブルも発生しないのだ。確かにギャルっぽく見えるほうかもしれないけど、ギャルがビール飲んでどこが変なの、って感じだ。

いい肉だった。ナオは嬉しくなってバクバク食べた。

「おいしそうに食べるね」

と亀井が言う。

いけね。好きになるようにムードを盛りあげるのを忘れてた。

「これ焼けてるよ。部長も食べて下さい」

「部長ってのはよそうよ。仕事は忘れて食事を楽しんでいるんだから」

「じゃ、亀井さんって呼んでいいですか」

「まあ、そういうことになるかなあ」

本当は、亀井さんはちょっとキツイよね、と思う。さんづけで呼ぶようないいもんじゃねえだろうが、と。

でも、そう思っちゃいけないんだ。なんとかして好きにならなきゃいけないんだから。

「こんな高級な店、私初めてですよ。やっぱ大人はいいとこで、うまいもん食べてるんですね」

ナオはお世辞のつもりでそう言った。

「それほどの店じゃないけどね」

「でも、この肉最高だもん」

亀井は嬉しそうに笑った。

なんだかラクダみたいな間のびした笑い顔だった。店長を相手に細かいことをネチネチ言っている時の亀井にくらべれば、やっぱ笑ってるほうが感じよかった。でも、ナオはそんなにイヤな感じを受けなかった。

「おいしいんなら遠慮なくどんどん食べて」

と亀井は言った。

ナオはむしろ箸（はし）を止めて、やっぱこの話題かなあ、と思って言った。

「亀井さんって、仕事の鬼なんですよね」

オヤジにお世辞を言うとなると、仕事の話しかねえもんなあ、というところだ。

「いやあ、どうかなあ。それほどには仕事人間じゃないけどなあ」

それはちょっと意外な答だった。

「でも、いつも仕事の話をビシビシとしてて、会社のこと考えてるじゃないですか」

「それはまあ、給料もらってる以上ちゃんと働くわけよ。みんなにハッパかけるのが自分の役目ならば、煙たがられてもやるわけさ。でも、そこに生きがいがあるわけじゃないんだな。それしかできないから、とりあえずやってるだけだよ」

「そんなふうには見えないよ。亀井さんてサラリーマンの塊に見える」

「サラリーマンの塊か。どこか固まっちゃってるわけだ」

「あの、悪い意味じゃなくてだよ」

好きにならなくちゃいけないんだ。

「要するに、とりわけ才能もない、普通のおじさんなんだよ。そこそこ生きていくために、家族をちゃんと養っていくために、サラリーマンをやって、なんとか頑張っているだけのこと。これぐらいしか自分にはできないものなあ、と思いながらね」

なんだかいつものエロい亀井とは言うことが違ってた。

「亀井さんって迫力あるよ。亀井さんが来ると店の中がビシッとするもの」

半分は、うんざりするんだけど、それを言うことはない。

「ナオちゃんっていい子だな。こんなおじさんに気を使ってくれるなんてね。そんな若い子はいないよ」

亀井はあんまりエロくなく笑った。

6

おいしかったよ、ごちそうさま、って言ったら亀井が、

「まだ時間ある？」

ときいてきた。

「まだいいけど、どうするの」

一回食事して、いきなりエンコーなんだろうか。それは無理だよな。まだ好きにはなってないもん。

「軽く一杯飲もうよ。見てて、お酒には強そうだとわかったから」

それで、長いカウンターのあるバーへつれていかれた。静かで都会的でほの暗いバーだった。バーのカウンターの前にすわるのなんかナオには初めての体験だった。

「こういうとこじゃ、カクテル飲むんでしょ。カクテルのことなんか知らないよ」

ナオは小さな声でそう言った。

「別に、何を飲んだっていいんだよ。ビールだっていいし」

「そうなの」

「でも、一回体験してみようか。選んであげるよ。そうだな、フローズンダイキリっていうのを飲んでみよう」

そういうものを注文した。亀井は自分にはバーボンを何かで割ったものを頼む。ナオには何をどう注文したのかよくわからなかったのだが。

やがて出てきたフローズンダイキリは、グラスの中でシャーベット状の氷が酒につかっているようなもので、短いストローが二本刺さっていた。ストローでちょっとずつ飲んで、大人の酒じゃん、とナオは思った。

ちょっと亀井を見直していた。ミニスカート・マニアのエロ亀井が、カクテルを注文できちゃう大人の男だというのはかなりのドンデン返しだった。

「やっぱ大人ですね」

「何が」

「バーでカクテル注文できちゃうんだもん」

亀井は照れた顔をして、全然そんなことない、と言った。

「何を飲むのが今っぽいのか、まるで知らないよ。独身の頃に飲んでたもんしか知らないんだもん、多分時代遅れだと思う」

「それ、今の奥さんとデートしてた頃のことですか」

ときいちゃってから、ナオはまずかったかな、と思った。エンコーするかもしれない相手に、奥さんの話はないだろ。

「そんな頃もあったかな」

ナオはあわてて話題を変え、お店であった変な客の話なんかをした。告げ口にならないように、店長の噂話なんかもした。そんなところにしか、亀井と共通する話題はないのだ。

店の制服を考えたのは亀井さんだっていう噂は本当ですか、とナオはきいてみた。

「そんなこと決める権限はぼくにはないよ」

という答だった。でもそう言ってから、亀井はこうつけ加えた。

「確かに、あの制服は好きだけどね」

そして、エロっぽく笑ったので、おお、亀井だ亀井だ、と安心した。

「亀井さん、女の子のことすっごくエッチっぽく見ますもんね」

「そうかなあ」

ほとんどセクハラ状態だってのに、自覚がねーのかよ。

「まあそれは、スタッフとのコミュニケーションをとろうとしてのことで……」

「だけど変ですね」

「何が」

「こうやって二人で食べたり飲んだりしてて、亀井さんがいつものスケべおじさんとは別人みたいに紳士で」

「びっくりしてるからだよ」

「何にびっくりしてるんですか」

「ナオちゃんが食事をいっしょしてくれたことにさ。あのさ、いつもスケべな、バカなことを言ってるのは、どうせ相手にされてないと思えばこそなのよ。若い子はどうせ私なんかに話しかけられても、無視だよね。コミュニケーションはゼロよ。だから、わざとあんなこと言ってるしかないわけだ。わっ、中年スケべ男、とでも思われてりゃ、多少なりとも交流があるってことだからさ。そういうところにしか、若い人とは接点がないわけだ」

「よくわかんない」

「中年男には、いやがられる、という位置しかないのよ。だから、ナオちゃんが食事につきあってくれたのは信じられないようなことで、まだ半信半疑だ」

本当はそんなにいやな奴じゃないってことなのか。エロオヤジのふりしてる以外に、若い子との接し方を知らないとか。

「ベツに、亀井さんのことまるで無視してるとかいうことはないですよ」

「いやあダメよ。実の娘にだって無視されているんだもん」

「娘さん、いるんですか」

「今、大学生。でもって、父親のことはまるで無視。話しかけても、迷惑そうな顔されるだけ」

「そんなあ」

「それだけじゃなくて、妻も私とはろくに口をきかない。話そうとしても共通の話題がないんだ。だから家の中に、自分のいるべき場所がなくてさ。黙ってテレビ視(み)てるしかないんだよ」

「一家の主(あるじ)なのに?」

「主じゃないなあ。給料が入ってくるから一応いさせてもらえるだけの人間よ」

なんだか気の毒になってきた。

「かと言って、仕事に対して生きがい持ってるわけでもないしね。重役陣でもなくヒラでもなく、上下にはさまれてウロウロしてるだけの中間管理職だ。会社の中にだって実は、自分の居場所があるような、ないような」

「元気出しなよ、って、そんなの私が言うのはヘンだけど」

ナオはついそう言ってしまった。

亀井はナオの顔を見て、嬉しそうに笑った。

「ナオちゃんはいい子だなあ」

ちょっとくすぐったかった。

7

一週間後、ナオはまた亀井にご馳走になった。自分のほうから、私食べたいものがあるんだけどなあ、とねだってみたのだ。

やっぱり五万円はほしいし、そのためには好きにならなきゃいけないし、大変なのである。

「いいなあ。むしろこっちから頼みたいようなことだった」

と亀井は言った。あんなことは一回キリだろうなとあきらめていたらしい。

「あのね、私、ゴルゴンゾーラ・スパゲティってもんが食べたいの。アイドルの舞坂るかちゃんがテレビで、めっちゃおいしいって言ってたから」

「スパゲティか。イタめしレストランへ行けばあるんだろうな」

「そんなとこへ行くことないの。私、知ってるの。Mデパートの七階のレストラン街の中に、そのスパゲティのおいしいお店があるんだって、るかちゃんが言ってた」

そんなところでいいならお安い御用だということになって、店が閉じてから二人でそこへ行って食べた。ゴルゴンゾーラというのはチーズの名で、ナオが食べたのは要するにチーズをからませたスパゲティだった。それは期待通りにうまかった。

「タレントといっしょのものが食べれて、私すっごく幸せ」

とナオは、ら抜き言葉で言った。亀井は妙に優しいおじさんになって、こんなものでよければいつでもご馳走するよ、と言った。

それから、この前も行ったバーへ行って、またフローズンダイキリを飲んだ。フローズンダイキリというのは、ヘミングウェイという有名な作家が考えたカクテルなんだよ、なんてことを亀井は教えてくれたけど、ヘミングウェイなんていうハムスターの種類みたいな作家は知らなかった。

「わかんないよ。私、本読まないし」

　すると亀井は笑った。

「いや、考えてみたらぼくもヘミングウェイなんてひとつも読んだことないや。ただ雑学として名前を口にしてただけだ」

「じゃあ私といっしょじゃん」

「そうなんだ。実は同じなんだよ」

　それどころか、こっちはゴンゾーラなんていうチーズの名前を知らなかったもんな、と言う。

「ゴンゾーラじゃなくて、ゴルゴンゾーラだよ」

　会話はよどむことなく流れて、いい感じだった。

　ナオには亀井にききたいことがあった。

　あの話が本当なのかどうかを。

　本当に、私と援助交際する気があるのかどうか。それで、五万円払ってもいいっていうのは事実なのか。

　でも、それはあらためて女のほうからきくのがためらわれる話題だった。

　売りをやってもいいけど、買う気あんの、ということだから。自分からは言いにくくいことだよね。

だから、どうでもいいような話をした。

「信じられない。亀井さんが若い頃長髪だったなんて」

とか、

「えっ。サザンってそんな昔から人気アーティストなんですか」

とか。

そしてナオは自分の胸にきいてみる。私、この人好きかなあ。

まだそれほどでも、というのが正直なところだった。

あんまり遅くならないようにバーは切りあげた。前回と同じように、バイバイを言うために近くの駅のほうへ、二人で歩いていく。飲食店の多い繁華街の裏通りだった。

「ナオじゃねえかよ」

とふいに声をかけられた。声のほうを見ると、知ってる男が、男ばっかの三人づれで立っていた。

まぢー、とナオは思った。そいつは、確かケンヤって名前で、ミサキが一時期つきあってた相手だった。この春にはミサキも混じえていっしょに海へ行ったこともあった。

ところがミサキとの仲が終った。ミサキが一方的に捨てて、連絡受けても逃げまわったのだ。冷たくフったってこと。

「ナオ。ききたいことあんだよ。お前なら知ってんだろ。ミサキの新しいケータイの番号教えろよ」

ケンヤはナオの前に立ちふさがってそう言った。

「知らないもん」

と言うしかない。ミサキはもうこいつのこと嫌っているんだから。

だけど、冷たくされて逆ギレしている男っていうのは、ストーカーまがいなわけで、かなりヤバイ存在なんだ。

「知らねえはずねえだろ。教えろよ。なめてんじゃねえよ」

ケンヤはナオの右手を強く摑(つか)んでそう言った。

そうしたら、間に割って入るようにして亀井が言った。

「どうしたんだ。この手を離しなさいよ」

亀井が助けてくれるなんて思ってもいなかった。

「あんたは関係ねえよ。おれとこいつとの話だ」

「関係なくはないよ。私はナオちゃんの保護者なんだから」

ナオは耳を疑った。なんでだよ亀井、と思った。

「うるせえよ、口出すな。こいつにきかなきゃいけねえことがあるんだから」

「まず手を離しなさい。痛がってるじゃないか」

ケンヤは手を離した。だけど、バカヤローと叫んで亀井の顔にパンチを入れた。

亀井は後ろにふっとんだ。あんまり見事にとんだので、そこにいた全員がびっくりしたくらいだ。

亀井はポリバケツのゴミ箱に腰を打って、そのまますわり込んだ。亀井の口の横から、血が少し流れ出ていた。

「やべえ」

と言ってケンヤたちはどこかへ逃げていった。

8

口の横の傷を消毒薬で洗ってやり、それから傷テープをはってやった。

「ありがとう」

と亀井は言った。少し空気がもれるような声だった。

「血が止まるまでどっかで休まなきゃダメだよ」

でも、また赤いものをペッと吐き出す。

「その必要はない。口の中の怪我だから」

「救急車を呼ぼうか」

「歯が一本折れたみたい」

とは言っても、口からも血が出ていた。ペッ、と赤いものを吐く。

「大丈夫だ。大したことない」

亀井は一回うなってから、ヨロヨロとおきあがった。

「大丈夫なの」

あの時、ケンヤたちが逃げてから、ナオは亀井に駆け寄って、肩を抱きかかえた。

二人はブティックホテルの一室にいた。亀井の世代だと、ラブホテルという言い方しか知らないだろうけど。

「かわいそう」

「歯の折れたところが、しみる。明日、歯医者へ行くよ」

とナオはきいた。

「まだ痛い？」

そう言って、ナオは近くにあったブティックホテルに亀井の手を引いて入ったのだ。ナオはフロント係に頼んで消毒薬と傷テープをもらった。そして部屋で、口の横の傷はなんとかした。

亀井は洗面台で何度も口をすすいで、ようやく赤いものが薄くなってきた。

「血も止まったみたいだ」

と言うのだけど、口の左横が青あざになって大きくはれていた。

「ごめんね。私のせいで」

「それはひーけど」

と亀井は言って痛々しく笑った。

「あいつ、私の友だちが前につきあってた男なの」

ナオは事情を説明した。フラれて、ストーカーぽくなってるんだよ、と。

「じゃあ、ナオちゃんも被害者だよ」

そう言って亀井は、力なく歩いた。でも、とにかく歩けるようだ。

ナオは部屋の中を見て、内緒話をするように言った。

「でもそのおかげで、亀井さんとこんなところへ来ちゃったね」

亀井は部屋の中を見まわして、ダブルベッドに視線を固定した。そして、ゆっくりと歩いていき、そのベッドに腰をおろした。

「ナオちゃんに、援助交際しようよ、なんて言ってたんだよね」

「うん」

ナオも、もうはらを決めてた。

亀井は、鞄を引き寄せて、その中から財布を出した。手招きして、ナオに一万円札五枚をくれた。

あのバッグが買えるんだ、とナオは瞳を輝やかせた。それはやはり圧倒的に嬉しいことで、つい笑いがこみあげてきちゃう。

「あの、先にお風呂入りたいんだけど」

すると亀井は、あわてて首を横に振った。

「いいんだ、それは」

「いいって？」

「あのさ、援助交際はいいの。つまり、おれってセンス悪いのよ」

「どういうことなの」

「ナオちゃんみたいな若い女の子と話そうとすると、あんな話題しか浮かんでこないんだよ。ブルセラ売ってんの、とか、援助交際したいなあ、とか。冗談にもなってないんだけど、ほかに言うことが思い浮かばなくてさ。ね、センス悪いだろ」

　どう言えばいいのかわからなかった。

「それでさ、そんなことしか言えない人間だから、女の子はみんな嫌な顔して逃げるわけよ。バイト先の上司だから怒りだすのは我慢したとしても、みんな、ゴキブリを見るような目でおれを見るの。軽蔑まる出し。だけど、ナオちゃんだけは違ってた」

「私はどう違ってたの」

「ナオちゃんはいやな顔しないで笑ってくれた。やめて下さいよう、とか言いながら、少なくとも眉をひそめないでくれた。困ったおじさんだなあ、なんて顔でいてくれた。それが嬉しくて、ますますアホなことを言ってしまったんだよ。つまり、本当に何かしたいんじゃなくて、そんな会話が嬉しかったんだ。結局、あんなことしか言えないセンスなのよ」

「本気じゃなかったってこと？」

「うん。そのお金は援助交際とは関係なく、つきあってもらって楽しかったから」

　ナオは手の中のお金を見た。

　それから、亀井の顔を見た。あんまりエロくなくて、顔がはれてて、家に帰っても居場所のないかわいそうなお父さんの亀井を。

それから思った。

亀井は、私はナオちゃんの保護者だ、と言ってくれた。そして私をあいつから守ってくれた。

ナオは嬉しくなって笑ってしまった。そして言った。

「私、亀井さんのこと好きになっちゃった」

「えっ。おい、そんな」

「本当だもん。今日とうとう、亀井さんが好きになったの」

そして、亀井が自分の耳を疑うセリフをついに口にしてしまう。

「だからいいんだもん。売りとは違うんだもん。好きになったんだから……、ね、ヤろーよ」

そう言ってナオは、これならミサキに絶交されることもないんだもん、と思ってた。

ミスターXの誘拐　2,800,000

1

名古屋市の西区と言えば、住宅地でありながらそこここに小さな町工場もあり、表通りに面しては個人商店が並んでいるという雑然とした地区である。四十年前にはどの家でも二階の窓からなら名古屋城が見えたものだが、今はビルが増えてそれが見えなくなってしまった。

そんな西区の、浄心(じょうしん)のあたり、表通りの一本裏道に、三階建ての事務所兼住宅があり、植木(うえき)工務店、の看板が入口の脇につけられていた。一階がその工務店のオフィスで、二階と三階がその家の主人、植木延男(のぶお)の住まいだった。

その日は日曜日で仕事は休みなのだが、来客があって事務所の脇の応接セットにすわり、植木と客は名古屋風のビジネス・トークをしていた。

名古屋風のビジネス・トークとはこういうものである。

「いかんわさ、どえりゃあ不景気だもんで、まともな仕事があれせんがや」

「どこも同じようなもんだわさ。こっちも四苦八苦しとるわ」

植木工務店は住宅の基礎建築を専門としていて、そこの社長である延男は六十歳ぐらいの年まわりだった。

客は、天野電気工事という小さな会社をやっている天野安政という男で五十歳ぐらい。天野の会社は、よく植木工務店から仕事をまわしてもらって、住宅用の電気配線工事をしているのだった。二人とも、根っからの名古屋人である。

「そんな調子だもんで、苦しいわ。植木さんとこに借りとる金のことは思わん日がねゃあぐりゃあ気にしとるけども、今はどうにもならんもんで、申し訳ねゃあことだと思っとる」

天野は言いづらそうにそう言った。

「あれを、今すぐ返せとはわしも言わん。苦しい時だろうで。そんだけど、うちも大変なとこでよう、いずれはなんとかしてまわな、こっちまで共倒れだわ。正直なとこ、あの金のことはあてにしとるんだ」

植木は曇りがちな表情でそう言った。

「そりゃもう、なんとかしてゃあとわしも真面目に考えとるぎゃあ」

天野はそう言って頭を下げた。

その時、事務所の机の上の電話がコール音を鳴らした。

「ちょっとご無礼」

と言って立つと、植木は電話のところへ行って受話器をとった。

「はい植木ですが、どちらさんですか」

植木工務店だな、と電話のむこうの若そうな男の声が言った。そうだ、と答えると、あんたとこに、四つになる友斗（ゆうと）という子供がおるだろう、と言う。

乱暴な口のきき方をする男だな、と思いつつ植木は答えた。

「友斗はうちの孫だけども」

「その友斗ゆう子を預かっとる。無事に返してほしかったら一千万円用意しろ」

な、なんだとっ、と植木の声がかん高く裏返った。そう離れたところにいるわけではない天野がソファから立ちあがって、いぶかるように見つめてくる。

「子供を預かっとるんだ。一千万円用意して、大人しく渡してまう。そうしたら子供は返したる。そうでなかったら子供を殺す」

「ゆ、誘拐か」

「そういうことだわさ。わかっとるだろうが、警察になんか届けるなよ。もしそんなことしたら、二度と生きた孫には会えんようになるで」

「子供には手を出さんでくれ。友斗を無事に返してくれるなら、金はなんとかする」

「わかりが早あな。金の用意をしろ」

「そんだけど、今日は日曜日で銀行が開いとらん。現金引き出し機で一千万円は引き出せんもんで」

「明日、銀行が開いたらいちばんで一千万円作るんだ。今日はそのための用意をしとけ」

「わかった。そうする」

「また様子をきくために電話する。わかっとるだろうが、警察に届けたりするなよ。そんなことしたらこっちにはすぐわかるで、とり返しのつかんことになってまうぞ」

「わかっとる。そっちの言う通りにする」

「よし。とりあえず一時間後にまた電話する。どうするのがいちばん利口か、よう考えとけ」

相手は一方的に通話を切った。

「あ、もしもし。もしもし」

呼びかけてももう切れていると知って、放心して受話器をおろす。

「何だったの、植木さん」

と天野が少しこわばった声で言った。

今のをきいていれば、何があったのかはわかるだろう、と植木は考えた。そして考えたのは、他人にきかれてしまってまずかったのだろうか、ということだ。

とんでもないことがおこった。大切な孫を誘拐され、身代金を要求されているのだ。言う通りにしなければ子供を殺すと犯人は言っている。うちの友斗を……、と思うだけで植木の心臓はギュッと縮みあがる。

そういう非常事態を、他人に知られてしまっていいのか。何か不都合になるのでは。しかし、通話をきかれてしまって、隠しようもないことだった。

「誘拐とか、金だとか言っとったけど」

植木は助けを求めるような顔で天野に言った。

「うちの孫が誘拐されてまった。孫を返してほしかったら一千万円よこせと言っとる」

「植木さん、それ、どえりゃあこったぎゃあ」

「どえらけねゃあことだわ。しかし、どうも本当のことみてゃあだ」

「ほんで、何をどうしろとむこうは言っとるでゃ」

こうなってしまった以上、この人を巻き込んでしまうしかない、と植木は考えた。よく知っている人物で、こっちの不利になるようなことをしたり、言ったりする心配はしなくていいのだから。

「明日、朝いちばんに銀行で一千万円おろせと言っとるわ。今日中にその用意をしとけだと」

「そんな金あるんかね。いや、失礼なこと言ってはいかんけど、今は人の命がかかった重大な時だもんで」

「不景気で苦しい時だ言っても、定期預金を解約したりすりゃ、そのぐりゃあはなんとかなるわ。えーとあれだ、天野さんに借金返してほしいのはそれとはちょっと別のことだもんで」

「それはわかっとるわ。そうか、金が用意できるのは何よりだわな」

植木は話しているうちに頭の中が整理されてきたようで、自分を納得させるようにうなずいた。

「そうやって、一方で金を用意するけども、やっぱり警察に通報するとこだろうな」

「警察へか」

「もちろん犯人は警察には言うな言っとるわさ。そんだけど、警察の力を借りるしかねゃあだろ」

　そう言われて天野は考え込んだ。他人のためにありったけの知恵をしぼっているという顔つきだった。

　そしてやがて、天野はこう言った。

「警察に言うのはやめといたほうがええことねゃあかな」

2

「なんでだ。誘拐事件があったら、警察に言うのが当然だろ。専門家だもんで、いろいろと力になってくれるがや」

　そう言う植木に対し、天野はさてどうだろう、というような顔をして小首をひねった。

「電話の内容を録音したり、逆探知して、どこから電話かけとるか調べたりだな。よう映画にある場面だわ。ほんだけど、今は携帯電話の時代だで、逆探知しても意味ねゃあんと違うか」

「そういうもんなんか」

二人とも、警察の捜査法なんてよく知らないのだった。

「それによ、映画で見る頼りになる警察はあれ、東京の警察だで。警視庁だわさ。ところがわしらが通報する警察は愛知県警だぎゃあ」

「そらそうだわさ」

「愛知県警が、誘拐事件で頼りになると思やーすか」

「うーん。どうだろ。愛知県警ではいかんか」

「いかんような気がするなあ。名古屋のそこらの坊が警察やっとるんだで」

「そんでも、孫が誘拐されとるんだぞ」

「それだでこそ、考えないかんとこだねゃあだろか。たとえば泥棒に入られたいうんなら、そら、すぐに警察に届けやえーわさ。しかしこれは誘拐なんだで。警察に報せたいうことが犯人にわかったら、子供に何するかわからんぎゃあ」

「うん。警察に言ったら子供を殺すと言っとったわ」

「それだぎゃあ。それがいちばん避けてゃあことだねゃあか。まず、子供を無事に返してまうことだけを考えないかんて。犯人をつかまえようとするのは、その後でええかえてうなり声を出した。

「まずそれを最優先だて。犯人を刺激するようなことはせんほうがええんだ」

友斗を殺されるかもしれない、と考えるだけで息苦しくなってきて、植木は頭をかかえてうなり声を出した。

「今度電話がかかってきたら、孫の無事な声をきかせろ、と言ってみる手だわ」

天野にそう言われて、そんな当然のことも思いつかなかった自分を、植木は恥じた。

そして、もしかしたら既に友斗が殺されているという可能性だってあるのだと思い、額に脂汗を流した。

「そうだな。金を惜しんどる時だねゃあ。今はともかく、友斗を無事に返してもらうことだけ考えなかんわ」

植木が苦渋の顔つきでそう言った時、事務所のドアが音をたてて開いた。二人ともギクリとしたようにその方を見た。

外から帰ってきたのは植木の妻のマサだった。

「おじいさん。えりゃあことだわ、スーパーで友斗ちゃんとはぐれてまったの」

「何だと」

「迷子だがね。店内放送で呼んでまったけど、出てこーせんのだわ。もしかしたら、一人で家へ帰っとるかもしれんと思って見に来たんだけど、友斗ちゃんは帰っとらんかね」

「たわけ！」

植木は顔を赤らめて怒鳴った。

「どうしたの」

「お前がボヤボヤしとるもんで、友斗が誘拐されてまったんだ」

「それ、ど、どういうこと」

事情が説明され、老夫婦はうろたえるばかりとなる。スーパーで、どんなふうに友斗とはぐれたのだ、ということが確認される。

買い物をしていて、ほんのちょっと目を離したすきにいなくなっていた、ということだった。目を離したのが悪い、と叱りつけるが、今となってはマサを責めてもどうなるものでもない。

「犯人はよ、初めから植木さんとこの孫を狙っとったわけだわ。会社をやっとって金まわりもよさそうだと考えたんだろうな。そんだで、スーパーでもずっと尾行してスキをうかがっとったんだろう。奥さんに罪があるわけでねゃあで」

天野はそんなふうに事態を分析した。

「どうしよう。友斗ちゃんにもしものことがあったら、博子に合わせる顔がないがね」

「縁起でもねゃあこと言うな」

「そうだ。博子ちゃんはどうしとるの。おらんみてゃあだけど」

博子というのは、離婚して植木家に戻ってきた娘で、友斗の母である。

「あいつ、以前に勤めとった会社でまた働きだしてよ、今、出張中なんだわ」

「旅行代理店に勤めとったわな、確か」

「うん。添乗員やっとるで、海外へよう行くんだ」

「博子に電話して報せないかんだろうかね」

マサはそんなことを言った。

「報せてもどうにもならんがや。自分だけスリランカから戻ってくるわけにもいかんだろ。ただ、心配（しんぴゃあ）させるだけのこった」

「帰ってこれん人に、子供が誘拐されたなんてこと報せても苦しませるだけだわな。帰ってくるまでに、子供を無事に取り戻すことだぎゃあ」

天野は親身の口調でそう言った。

「友斗を取り戻せるだろか」

「なんとしてでも取り戻すだぎゃあ。それにはまず、犯人に早まった考えをおこさせんこった」

「早まった考えってどういうこと?」

とマサが青い顔で言う。

「たまにそういう事件があるぎゃあ。子供を誘拐して身代金を要求するんだけど、実はその子供はとっくの昔に殺してまっとる、いうやり方だ」

「縁起でもねゃあ……」

言いかける植木の肩に手をおいて、天野はなだめた。

「いやなこと言ってすまんけど、そういうことが絶対にねゃあように考えないかん、いう話だで堪忍(かんにん)してちょ。誘拐犯には殺人なんかする気はねゃあわさ、本当は。ただ、金めあてでやるだ。ところが、小せゃあ子を誘拐したら、知らん人に知らんとこへつれてこられて、心細いで泣いてまうぎゃあ」

「友斗はまんだ四つだ」

「泣くわなあ、普通。そんで始末に困って、黙らせるために殺すわけだ。そのくせ、親には、金さえ出せゃ、子供は無事に返すと言っとくんだわさ」

「そんなことあったらどうしよう」

マサは半泣きの声を出した。

「そうはさせんように考えるんだぎゃあ。ええきゃ、植木さん。あんたがビシッとしとらんといかんのだわ。子供を誘拐されてオロオロしとるように思われてはいかん。犯人に命令するぐりゃあの強気なとこを見せるだ」

「犯人に、何を命令するだ」

「子供を無事に返せ、いうことだわさ。子供に手を出すな、そんなことしたら金は一銭も払わんぞ、って言ったるんだぎゃあ」

「そうか。こっちからも強う要求するんだな」

「対等の交渉をするんだぎゃあ。そんだで、次に電話がかかってきたら、絶対に引かんとこう言ったるんだ。無事な孫の声をきかせろ。それをきかせんなら金の用意はせんぞ」

「うん。とりあえずはそれだわな」

植木は何かを決意した顔でそう言った。

3

最初の電話からちょうど一時間後に、同じ男から電話がかかってきた。それに対して、言わなければならないことが三人で話しあって決めてあった。

「金の用意はしとるか」

「しとる。銀行通帳も判コも用意した」

「警察に報せたりしとれせんだろうな。そんなことしたら……」

「わかっとる。ええか、ようききゃあよ。こっちもそっちも考えとることは同じなんだ。子供と、金とを無事に交換してゃあわけだ。つまらんことで失敗したねゃあ。こっちにとっては、友斗が無事に帰ってくることだけが望みだ」

「そのためには、言われた通りに金を……」

「金は用意する。ただし、そのためには友斗が無事だいうことを確認してゃあ。電話口に友斗を出して、声をきかせてまわないかん」

「子供は安全なとこに預かっとるで、心配せんでもええ」

「そんな説明では引きさがれんわ。無事なら電話に出せるはずだがや」

「今、ここにはおらんのだ。ここより安全なとこにおる」

「そんならそこからつれてきて電話に出してくれ。そうでなけな、金のことも前へは進められんな」

必死の思いで植木はそう言った。犯人の言う、今ここには子供がおらん、という言葉が悪い想像をかきたてるのだ。

「心配せんでも子供は無事だ」

「だったら電話に出せるだろ。四つの子供がそっちに不都合なことを言うはずもねゃあだろうし」

「面倒臭(くせや)あな」

若い男の苛立(いらだ)ちが伝わってきた。相手を苛立たせることは危険でもあるのだが、ある意味で思う壺(つぼ)でもあった。対等な交渉をしているわけだから。

「今はまんだ夕方で、明日、金が用意できるまでには時間がたっぷりあるがや。子供を電話口に出してしゃべらせるぐりゃあの余裕はあるだろ。それができんいうことは、子供に何かしとるいうことで、そうだったらこの取り引きは中止だ」

「わかった。子供の声をきかせる。ただし、手配するのにちょっと時間がかかるで、一度電話を切って待ってくれ。数十分後に、そういう電話をかける」

「うん。そうしてくれ」

通話を終えて、植木は顔をあげる。心臓が不規則に拍動し、膝が震えだしそうだった。額から汗がしたたり落ちる。救いを求める声をあげそうになるのをこらえての、必死の交渉だったのだ。

天野と、マサが固唾をのんで植木の顔を見つめていた。天野はさっき家に電話をかけて今日は遅くなると伝えていた。このことがどう決着するのかを見届けるまでは離れられん、と思っているのだろう。

「友斗の声をきかせるそうだ」

「ということは、今んとこ無事だいうことだね」

マサが確約を取りつけるように言った。

「まあ、そうだわな。ただし、本当に友斗の声をきくまでは安心できんけど」

犯人との間でどういう会話があったのかを植木は説明した。強い口調でこっちの要求を突きつけたら、むこうも少し引いたような気がする、とも言った。

「子供の無事が確認できゃ一安心だ。そこからはこっちのペースで話を進めれる」

天野は作戦参謀のような顔をしてそう言った。

そして、約三十分後に、犯人からの次の電話がかかってきた、ただし、犯人は出ない。

「もしもし。植木ですが、どなたきゃあな」

「おじいちゃん？」

と、子供の声がした。

「うん。友斗ちゃんか。おじいちゃんだで」

「友斗だよ。おじいちゃん元気ですか」

その声をきいて、植木は危く涙ぐみそうになってしまった。四歳の友斗は電話に興味があってたまらない年頃である。おもちゃの電話を耳にあてては、お元気ですか、と言って遊んでいる姿をよく見ているのだ。

「友斗ちゃん、どっか痛あとか、苦しいとかいうことはねゃあか」

「ない」

「寂しねゃあか」

「ちょっと寂しいけど、ガマンしとる」

なんというけなげな子であろうか、と胸がしめつけられる。

「おじいさん、替って」

と、マサが言った。気が進まなかったが替る。

「もしもし、友斗ちゃんか。おばあちゃんだよ。わかるきゃ」

「おばあちゃん。早く帰りたいけど、友斗ね、ガマンする」

おうおう可哀そうになあ、なんて言っているうちに電話は突然切れた。

「貸してみい。友斗ちゃん。友斗ちゃん。きこえんか友斗ちゃん」

犯人側が電話を切ったのだ。長く話していて、今どういうところにいる、というような話になってはまずい、と判断したのだろう。

しかし、友斗の声はそんなに弱々しいものではなかった。少し寂しい、とは言ったが、けなげにも耐えているような感じだった。泣きだすとか、ぐずる様子もなかった。

「とにかく、一安心だぎゃあ。よかったわ、本当に」

天野は我が事のようにそう言った。

とそこへ、また電話がコール音を響かせる。

ギクリ、としたように電話を見て、植木は壊れものを扱うかのように受話器をとった。

「もしもし」

「子供が無事なことはわかっただろ。弱っとるわけでも、泣いとるわけでもねゃあ」

「それは、わかった。ホッとしたわ」

ほかにもわかったことがある、と植木は考えていた。犯人の言う通り、友斗と犯人は別のところにいるのだろう。だから、電話が二度かかってくるのだ。

ということは、犯人には仲間がいるということだ。友斗のためにここの電話番号を押して、友斗に受話器を渡した者が、犯人とは別のところにいるということになる。

「安心したところで、明日の取り引きはトラブルなしにやりてゃあもんだな。そっちも、金を惜しんで変なことになるより、孫を無事に返してもらいてゃあだろう」

「うん。その通りだ」

「よし。すべては明日だ。絶対に警察を巻き込むなよ」

「わかっとる」

「今夜、もう一ぺんか二へん、電話する。おかしなことをしとらんかどうか確かめるためだ。だで、一晩中電話の前にへばりついとれ」

「こっちには変なことする気なんかあれせんわ。ただなんとしてでも……、もしもし、おい……」

電話は切れていた。

「切れたわ」

ぐったりと疲れた声を植木は出した。

「さて、ここからが大事なとこだわな。植木さん、しっかりと気を引きしめやーよ」

天野が妙に力強い声でそう言った。

「ここからって、何をどうするだ」

「作戦だぎゃあ。友斗ちゃんが無事なことはわかった。そんだで次は、その子を確実に取り戻すための作戦を考えるだ。まだ安心するのは早あで」

天野はなんだかベテラン刑事のような口調で台詞(せりふ)を決めるのだった。

4

作戦なんて必要だろうか、と植木は言った。

こっちにできることは限られていて、選択肢はほとんどないではないか。

明日の朝いちばんに、銀行へ行って一千万円をおろす。そして、電話のそばにいて犯人からの連絡を待つ。電話がかかってきたら、犯人の指示に従って金を渡し、引き替えに友斗を返してもらう。

確実に友斗を返してもらうために、犯人にぬかりなく要求することが肝腎(かんじん)だ。金だけを先に渡してしまって、友斗はいつ引き渡されるのかわからない、というような取り引きには応じていけない。友斗の声をきかせろ、どこで友斗を返してくれるか教えろ、などと、可能な限り安全を確かめつつ取り引きするのだ。

こちらにできることはそのくらいである。

子供を人質に取られているのだから、百パーセントこちらの望む通りの交渉はできっこないのだ。

友斗が安全にこちらの手に戻ってからなら、あらためて警察に届けて、どんな声の犯人だったか、言葉は確かに名古屋弁だったなどと、捜査に協力することもできる。だが、友斗が戻る前にできることはない。

植木はそういうことを言った。

「普通に考えたらそういうことだわな。だけど、そのやり方は、あまりにも一方的に犯人に振りまわされとると思うんだわ」

天野は言葉を選びつつそう言った。

「そのやり方では、友斗ちゃんが無事に返ってくるかどうかという、いちばん肝腎なことが犯人まかせだぎゃあ。それについて、こっちにできることは、ただ犯人に、無茶はせんでくれとお願いするばっかだわな」

「それしかねゃあだろが」

「いや、こっちにできることがあると思うんだわ」

天野は自信たっぷりの口調で言った。どうも不思議である。電気工事業者の天野が、なぜ誘拐事件に関して自信満々なのか。

「天野さん、友斗ちゃんを助けるええ知恵でもあるのかね」

と、マサがきいた。

「なんにもせんのは問題なような気がするんだわ。あのよう、友斗ちゃんを確実に助けるがために言うんだで、いやな可能性を考えてみるけど怒らんといてちょうよ。こう考えてみるんだわ。明日、犯人にちゃんと一千万円を渡したとする。要求に従うわけだ。さて、そうしてみて、犯人は友斗ちゃんを返してくれるだろうか」

「金は渡したんだで、返してくれないかすかや」

「こっちとしてはそう思うわさ、もちろん。だけど、犯人もそう思うかどうかだぎゃあ。考えてみやーよ。四つの子供なら、見ききしたことはちゃんと覚えとれるで。車に乗せられた、だとか、どんな色の家につれてかれた、とか、おねえさんがおった、どういうおじさんに声をかけられた、なんてことを十分に証言できるぎゃあ。つまり、警察の捜査のヒントになるようなことを言えるんだわ。そういう子を、犯人は返してくれるだろうか」

「いやなこと言わんといてよー」

マサは泣きそうな声を出す。

「口封じのためにあの子になんかするなんて、許せん」

「そんなことさせていかんわさ。そんだで、作戦を立てるんだぎゃあ。犯人が、友斗ちゃんを無事に返してくれるしかねゃあ、というところに追いつめるんだわ」

「犯人を追いつめるのか。そんなこと、どうやりゃできる」

「こういうことだわ。犯人にとっては、友斗ちゃんを生きて返すしか、生きる道はねゃあんだ」

「犯人の生きる道……」

植木には、初め、天野の言わんとすることがさっぱり理解できなかった。この事件では完全に犯人側に主導権を握られているというのに、当方が犯人を追いつめることなど、できるわけがないじゃないか、と思うのだ。

しかし、天野は考え考え、とんでもないことを言いだすのだった。

「友斗ちゃんを誘拐したことによって、犯人は今、生きるか死ぬかの瀬戸際に追いつめられとるんだわ。ひとつ間違えや、一巻の終りなんだ。そのことを、はっきりと犯人にわからせることが重要だ」

植木は天野の話を熱心にきき、理解しようとした。そして、きけばきくほどに、頭の中が混乱した。

天野は言う。

今、この事件の主導権を握っているのはこちらである。もし犯人が自分の安全を願うのであれば、こちらの指示に従って子供を無事に返すしかないのだ。そのことを対等の交渉によって、犯人にわからせなければならない。

耳を疑うような考え方である。どうして子供を誘拐されたほうが主導権を握っていることになるのか。

だが、天野の話をきいていくうちに、植木はところどころでうなずくのだった。なるほど言われてみればその通りだ、という気がしてくるのである。

三人で、様々の角度からじっくりと話しあった。彼らには今のところそれしかできることがないのである。

マサが出前でカツ丼をとり、それを食べながらも相談は続いた。

天野の説くところはこうだった。この事件の犯人には、生きて友斗を返すしか選択肢はない。こちらからそのことをきっちりと伝えて、やけくそな行動に出ないように説得しなければならない。

「確かに、冷静に考えてみや、そういうことだわなあ」

　と植木はつぶやいていた。むこうが犯人で、こっちは子供を人質に取られている、と考えるとこちらには何もできないように思いがちなのだが、状況を第三者的に冷静に考えてみれば、とりかえしのつかないことをしてしまって進退窮しているのは犯人のほうなのである。そのことが、天野の話をきいているうちにだんだんわかってきた。

「そこに、犯人説得のポイントがあるわ」

　植木は目に意志の力をこめてそう言った。

「とにかく、友斗に手を出されることだけは防がないかん。そのためには、ちゃんと交渉してみることだ」

「それを植木さん、あんたがビシッと言ったるんだぎゃあ」

　天野は額の汗をふきながらそう言った。

　実を言うと、天野が考えついたことには、タネがあった。最近、ＤＶＤで、誘拐をテーマにしたアメリカ映画を観ていたのだ。その映画の中で、子供を誘拐された父親は、力強く犯人と対等にわたりあう。子供を殺せばお前は地獄行きだぜと、犯人を脅しさえするのだ。

　その映画を観ているせいで、天野は誘拐のオーソリティーになったような気がしているのである。

三人の相談はいつまでも続いた。ほかに何も手につかない心境なのである。話していくうちに、植木の決意は固まっていった。

夜の八時半に、またしても犯人から電話があった。

「警察には言ってねゃあだろうな」

「友斗を返してまうまでは、このことに他人を巻き込む気はねゃあ」

「よし。それがお互いのためにいちばんええやり方だわ」

「友斗は無事なんだろうな。指一本でも触れとったら承知せんぞ」

「こっちは何もしとらん。子供は元気にしとるわ」

それをきいて、植木はついに作戦を実行することにした。天野の意見をきいて、考え抜いた作戦だ。

「それなら一安心だ。ええか、ようきけよ。友斗が無事でおるいうことが、こっちにとってもそっちにとっても、いちばん喜ばしいことなんだ」

5

「おい、何の話しとるんだ」

若い犯人の声に苛立ちが感じられた。孫を誘拐されてうろたえているはずの人間に、強い口調でものを言われてとまどっているのだろう。

「ええか。重大なことだでようきいて、頭を働かせやーよ。お前さんはよ、小せゃ子供を誘拐してしまったんだ。その誘拐をしてしまった時点で、どうしようもねゃあとこに追いつめられとる」

「オヤジ、バカヤロ。てみゃあ何の話をしとるんだ。頭がおかしなったか」

「お前さんの運命の話だわ。子供なんか誘拐してしまって、どうする気なんだ。よう考えてみやあ。無事に親のところへ返すか、それとも、顔を見られとるで殺すか、そのどっちかしかねゃあわな」

「子供を殺す気はねゃあ。そっちが金を素直に出すならな」

「うん。それがええわ。子供を殺すいうことは、お前さんにとって自殺すると同じことだでよ」

「てみゃあ、何をハッタリかましとるんだ」

「ええで最後まできけ。こっちもいろいろと調べてみたんだ。あのよう、この二十年間で、誘拐された子供が犯人に殺されてまった事件が二十件ぐりゃあるわ。くそたわけの犯罪だわな。そんで、その犯人でまんだつかまっとらん者は一人しかおらん。あとの十九人は警察に逮捕されとる。わかるか、九十五パーセントはつかまるんだ」

本当のことを言うと、そういう正確なデータを知っているわけではなかった。ほとんどの場合、犯人はつかまっとるわなあ、なんて話しあっただけなのである。そして、逮捕率のパーセントは意識的に大きくしゃべっていた。

「つまらんこと調べとらんと、自分とこの子供の心配だけしとれ」

「もちろんそれを心配しとるんだ。それはお前さんの命にかかわることだしな。ええか、そうやってつかまった犯人はよ、まんだ裁判が継続中の者を別にして、全員が死刑判決を受けとるんだ。罪のねゃあ子供を金のために殺すいう犯罪には、そんだけ重え刑が科される」

このデータも、正確に調べたものではなかった。そういう犯人は大抵死刑になるわなあ、という一般論を話しあっただけだ。

しかし、誘拐犯にしてみれば、心穏やかにきける話ではないはずだ、というのが年寄りの読みであった。

「うちの友斗をもしも殺してまったらよ、ほとんど確実に、お前さんは死刑になる道を歩きだすんだ」

「ふざけるな、オヤジ。てみゃあ、自分の置かれとる立場がわかっとるのか」

「自分の置かれとる立場がわからないかんのはお前さんもだ。お前さんは今、生きるか死ぬかの瀬戸際におる」

「偉そうにしゃべるな」

「偉そぶっとるつもりはねゃあ。ただ、死にたなかったら選択肢はひとつしかねゃあいうことをわかってもらいてゃあだけだ。友斗を無事にこっちへ返すことだわ。それしかねゃあて」

「やかましいわ。そっちはただおれの言う通りにしやええんだ。おれに指図するな。こんな電話切るぞ」

「そんならよ、一時間ぐりゃあ頭を冷やして考えて、また電話してりゃあ」

　事件の被害者のほうから、犯人に、また電話をしておいで、と言うおかしな展開になってしまった。

「どうだったね。犯人は動揺したきゃあ」

　天野が興味もあらわにそうきいた。

「うん。動揺しとったな。自分が主導権を握っとると思っとったのに、指図されるようなことになって苛ついとったわ。だけど、犯人を苛々させるのがこっちの目的ではねゃあわな。友斗を無事に返すしか道はねゃあ、ということをわかってほしいだけだ」

「その調子だわ。植木さん、なかなか迫力ある交渉ぶりだったで」

　犯人からの電話は、一時間後にまたかかってきた。

「余計なこと言うなよ。おれを怒らせると、子供の指の二、三本が郵便で届くことになるかもしれんぞ」

　植木の心臓はビクリと縮みあがったが、ここで弱みを見せることはできなかった。

「そんなことしたら、死刑が確定してしまうで」

「うるせゃあわ、バカヤロ。しゃべるな。お前が何を言おうが、こっちの方針は決まっとるんだ。お前は、明日おれの指示通りに銀行へ行って一千万円を作る。それから、おれの指示する場所へ来て、その一千万円を大人しく渡す。そんだけでえんだ。金が新聞紙だったり、受け渡し現場に警察が出てきたりしたら、孫は死体で発見されることになる。そうでなけな、しばらくして孫は元気にその家へ帰ってくる。こっちも、取り引きさえうみゃあことといきゃ、子供の命なんか取りたねゃあんだ。そんだで、余計なこと言わんと、指示する通りにしやええ」

　奥歯をかみしめ、腹に力を入れて、植木はゆるぎない口調で言う。

「その手順では、応じるわけにいかんな」

「孫が死んでもええんか」

「孫を無事に返してまわないかんでこそ言うんだ。先に友斗を返してもらいてゃあ。友斗の元気な顔を見たら、金を渡す」

「とろくせゃあこと言っとるな。子供を返してまったら、そんで終りだがや。まあ誘拐されとれせん子のために身代金を払う人間がおるか」

「わしは払う。約束する。考えてみやあ。こっちは金を払う気になっとるんだ。警察に言う気もねゃあ。そんだで、金も渡したのに孫は帰ってこなんだ、いうことだけは避けてゃあんだ」

「子供は返す言っとるがや」

「信用できん。世の中にある誘拐事件でも、そこで犯人が無茶するケースが多えでいかんのだ。つまり、子供に顔を見られとるもんで返すわけにはいかん、と思うんだな。そんなことになったらいかんで、子供の顔を見る前に金を渡すいう話には応じられん。

先に友斗を返してまう。そしたらこっちも金を払う」

「バカか、あんた。子供が無事に帰ってきたら、まあ心配はひとつもねゃあがや。何のためらいもなく警察に連絡できるだろ。こっちが受け渡し場所へ行ったら、警官が何十人も待っとるに決まっとるがや」

「そんな、約束を破るようなことはせん。信用してくれ」

「そんな話が信用できるか」

「お前さんは犯罪者で、わしは被害者だぎゃ。どっちが信用できる人間か考えてみやわかるがや」

「たーけらしいこと言っとるな。こんな話しとれるか。明日の朝、また電話する。一晩、頭をよう冷やして考えとけ」

電話は切れた。もう植木には、翌日の電話を待つことしかできないのだ。

「植木さん、ええ調子だったわ。だんだんと犯人を追いつめとる感じがわかったで」

「こんで、ええんきゃあな」

「ええんだ。とにかく、子供を先に返さなどんな交渉にも応じられんと、つっぱねるだわ」

天野は総指揮者のようにそう言った。

「そんで、結局どうなるだ」

植木がふっと弱気な声を出した。

「明日、大勝負をかけるんだ」

と天野は言った。

「どういうことでゃ」

「明日よう、犯人にこういうことを言ってみるんだわ。それによって、犯人には残された道がひとつしかねゃあことになる」

天野はこの作戦の、最大のポイントを説明した。

それは、そんな手がうまくいくんだろうかと、きいていて震えがくるようなプランだった。しかし、友斗の安全を最優先に考えるならば、やってみる価値はあるのかもしれなかった。

「天野さん。あんた、どのすげえこと考えるな」

と植木は言った。

6

翌日の午前八時半、運命の電話がかかってきた。

三人が同時に腰を浮かして電話のほうを見る。天野はゆうべ、植木の家に泊ったのだった。そして、この後どうすればいいのかの相談を重ねていて、ほとんど寝ていない。

植木は深呼吸をひとつしてから受話器を取った。

「もしもし」

「約束の日だ。これから銀行へ行って、金をおろしてもらう」

「一千万円をか」

「そうだ。それが身代金だ」

「それを渡した後でねゃあと、友斗は返してもらえんのか」

「当然だがや。それについては、交渉する余地はねゃあ」

「友斗の元気な声をもう一ぺんきかせてもらいてゃあ」

「そんな暇はねゃあ。金さえ受け取ったら、子供は安全に返すで信用しろ」

「まず先にあの子を無事に返してもらう、というわけにはどうしてもいかんのか」

「しつこいわ。そんなことできるわけねゃあだろ。言われた通りに金を用意しろ」

植木の顔は青ざめていた。いよいよ、あきれ返るようなことを言わなければならないのだ。孫の友斗を無事に取り戻すために、一発逆転の大勝負に出るのだ。

「そしたら、金は用意できんな」

「何を言っとる」

「金を渡したら、お前は友斗を処分してまうかもしれん」

「逆だろう。金を渡さんかったら殺す言っとるんだ」

「どっちでも同じだわ。先に友斗を返してもらうんでなけな、友斗の命に保証はねゃあ。そんだで、一千万円は払わん」

「頭おかしなったんか」

「黙っとれ。どう言おうが、お前に金はビタ一文払わんぞ」

「孫が死ぬぞ。指を切り落とされて」

「どっちかしかねゃあんだ。お前にできることは、友斗を無事にわしに返すか、それとも殺すかだ」

「金が取れんのに返すわけねゃあがや」

「そんなら、お前は死刑だ。わしは一千万円を、友斗を殺した犯人をつかまえるための懸賞金にする。ニュースに出て、犯人に関する情報をくれた人にはお礼をする、犯人逮捕につながった場合は一千万円払う、と訴えるんだ。一千万円もらえるとなりゃ、いろんな人が情報を持ってくるわな。ひょっとしたら、お前の共犯者がお前のことを裏切って、その金をもらおうとするかもしれんぐりゃあだ」

「てみゃあ、何を言っとる」

「お前の首に一千万円の賞金だわ。それによって、お前が死刑になる確率は九十五パーセントから、百パーセントに上がる」

「黙れ」

「それか、友斗を返すかだ。そうだな、あと一時間以内に、友斗を無事に返せゃ、お前は死刑にならずにすむ。それだけだねゃあぞ、この犯罪も、なかったことになる」

「おい、おれの言うことをようきけ」

「しゃべるな。話をきかないかんのはお前のほうだ。もし友斗が一時間以内にこの家へ帰ってきたら、わしはこのことを警察には届けけん。もちろん、今のところ、警察には何も言っとらん。だけど、取り引きが終ったら警察に届けようと思っとった。まあ、それが普通だわな。だけど考えを変えた。友斗が戻ってきたら、きのうからのことをわしは誰にも言わん。そんだで、この誘拐事件はなかったことになる」

「バカヤロ……」

「考えるだな。死刑がええか、事件がなかったことになるのがええかを。とにかく、お前に金は渡さん。銀行へも行かん」

「孫が死ぬんだぞ」

「お前もだ。孫は、生まれなかったもんだと思う。さあ、どうするか自分で決めやあ」

そう言って植木は電話をガチャンと切った。

「おじいさん……」

マサが泣き声を出す。

「絶対に、友斗ちゃんは無事に帰ってくるで」

と天野は言った。

身代金は、お前をつかまえるための懸賞金にする、という作戦は、天野が映画で観て感心したやり方だったのだ。

「うみゃあことといくだろうか」

と言って植木は崩れ落ちるようにソファにすわった。

「うみゃあことといくはずだて。犯人にしてみたらよ、今から友斗ちゃんを殺してみても、ひとつも得なことはねゃあで。死刑になるだけだというのが、わからんはずがねゃあ」

そうは言ってみたが、天野もそれ以上は約束できない。結局、落ちつきなくソファにすわって、黙りこくった。

つらい時間が流れた。植木の頭の中に、幼い友斗の顔や声がいや応なく浮かびあがる。あの子をおれは助けられたのか、それとも、むごく殺してしまったのか。

涙がほおをつたわってだらしなく流れた。

電話から、四十五分後。

事務所のドアが開いて、彼らの勝利が帰ってきた。

「おじいちゃん、ただいま」

「ゆ、友斗ちゃん……」

「やった！」

と天野は天に腕を突き上げて叫んだ。

「友斗ちゃん。無事だったかね」

マサは駆け寄り、友斗を抱きあげた。

「うん。自動車で送ってもらったの」

「どんな奴にだ」

植木がそう言うと、天野は笑いながらこう言った。

「それはまあどうでもええぎゃあ。事件はなかったことになったんだ」

考えて、植木は深くうなずいた。

「そうだな。なんにもなかったことになったんだ。友斗は無事に帰ってきた」

「よかったなあ」

「よかった。ああ、胸がふわふわふわして腰も抜けそうだわ」

「植木さん、ようやったわ」

「いや、そうだねゃあ。天野さんのおかげだわ。天野さんが知恵授けてくれたでこそ、犯人と交渉ができたんだ。おかげで友斗は戻ってきた。どんだけお礼を言っても足りんわ。ようあんな作戦を教えてくれたもんだ」

「犯人のほうも、実はビクビクもんだろうな、いうことを考えただけだわ。交渉の余地があれせんかと」

「いやあ、あんたに助けてまった」

「天野さん、どんだけお礼をしたらええもんか」

と言ったのはマサだ。

「お礼だなんて、やめて。わしのほうこそ、お金を借りたりしてお世話になっとるわけだぎゃあ」

植木ははたと思いついたように言った。

「うん。お礼はする。あの借金だわ。二百八十万円の借金。あれはもうなかったことにしよまい」

「何を言っとるの植木さん。借金とこの事件は別だわさ」

「そうだねゃあ。お礼がしてゃあだわ。あんたのおかげで友斗が無事に帰ってきた。それに、一千万円取られることを覚悟しとったのに、それも取られんですんだ。二百八十万円の借金をなかったことにするぐりゃあでは、まんだ足らんぐりゃあのもんだわ」

「ねえ、天野さん。おかげで全員が幸せになれたんだがね」

なんてことを、マサは言った。

7

自分の事務所に帰ってきて、天野は電話をかけた。

「もしもし、おれだわ。あのよう、すべて計画通りにうみゃあこといったわ。あんまり考えた通りになったでびっくりするぐりゃあだ」

「それは、叔父さんの計画がようできとったでだわ」

「まあな。とにかく、お前もようやってくれたわ。なかなか演技力のいる役まわりなのによう」

「おれ、本当に誘拐犯になったような気がしてドキドキしたわ」

「そのぐりゃあでなけな名演技はできんわな。ところで、託児所のほうから何か話がもれる心配は、ほんとにねゃあんだろうな」

「そっちは心配いらんて。あの私立の託児所をやっとるのはおれの彼女の伯母さんで、何も疑っとれせんのだわ。遠い親戚に急な葬式があって駆けつけないかん一家の子供を、一晩預かっただけだと思っとる。あの子もまんだ小せゃあで、なんかそういう事情が家にあったんだな、と感じて、寂しがらんように頑張っとったそうだわ」

「そうか。そんなら、その線からバレることはねゃあな」

「結局、誘拐事件なんかなかったんだもんな」

「そらそうだ。そんなおそぎゃあ犯罪があってはとんでもねゃあわ」

「よう言うわ。何もなかったのにまんまと借金チャラにしてまってよう」

「ええんだ。誰も被害を受けとらんのだで。こんなハッピーな話はねゃあがや」

そう言って天野は満足そうに笑った。

轟政嗣の借金　5,460,000

1

ここ二年ばかり、轟政嗣(とどろきまさつぐ)は借金で生活していると言っていいくらいだった。

轟は四十四歳で、そう大きくはない塗装工業の会社を経営している。建築関係の中小企業の社長だということだ。会社には去年まで従業員が七人いたが、今では、いちばん経験の浅い一人だけになっていた。不景気で仕事がなく、手に技術のある者はやめていったのである。

そんなに景気の悪くない時から、轟の会社は常に綱渡り的な経営をしてきた。中小企業の場合、会社には社長の性格が如実(にょじつ)に出るもので、轟の会社はピンチの連続が常の姿なのだ。つまり轟が、そういうきわどい人間なのである。

一応会社を経営しているんだから、小なりといえども社長なのに、彼は常に心の中に、まだまだこんなもんじゃない、という気持を抱えているのだ。こんな小さな会社をやってることに満足してるわけじゃない、という気分である。もっとドーンとでっかいことをやって、轟はやる男だ、と人に言われたいのだ。

そのせいで、地道に安定した塗装業をやっていればなんとかしのいでいけるものを、ついつい怪しげなおいしい話に手を出すのだ。建築資材のレンタルの口利きだとか、現場の足場組み作業の請負いだとか、解体工事への人材派遣業だとか、出てくる話のひとつひとつに手を出しては、半年で頓挫するというようなことの繰り返しだ。だから、いい時と悪い時とが短いサイクルでめぐってくる。

そんな落ちつかない経営者の轟だが、一方では驚異的な粘り腰の男でもあって、会社はもう十年以上もつぶれずに続いているのだった。そのことはとりあえず賞賛すべきかもしれない。

つまり、轟には妙な能力があったのだ。会社を大々的に成功させたいと考え、寄り道ばかりしてひとつもうまくいかないのは、彼の問題点だったが、何があっても会社をつぶさない、というねばりがあるのだ。

轟にとっての社長業は、会社をつぶさないことなのかもしれない。

会社をつぶさないために何をやるか。それは、いわゆる資金ぐり、というやつである。

あさってが発行した手形の決済日だとする。ところが銀行にはそれだけの金がなくて、このままではその手形は不渡りになってしまう。そうすれば、事実上の倒産だ。そういう時に、轟は頑張る。あきれるほどのねばり腰を見せるのだ。

知人の会社に融資を頼む。売り掛けのあるところに半額でもいいからと前払いを頼む。一時しのぎの借金をする。手形の発行先に待ってもらう。

朝から晩まで駆けずりまわって、なんとか誰かと話をつけ、その苦況を乗り越えるのだった。そのことには、比類がないほどの才能を見せるのだ。

変な才能である。事業をうまくころがす才能ではなく、苦況を乗り越える才能なのである。申し訳ないけどここを乗り切るために助けて下さい、と手当たり次第に頼み込んで、きわどいところでどうにかしていくのだ。

そんなことが可能なのは、轟がある面で、できる人物だと買われているからだった。酒はあまり飲めないのにつきあいはよく、一対一で話せば紳士的で人情味もある。少なくとも話をする限りでは誠実で、ペテン師めいた雰囲気はない。熱っぽく語り、言うことは常識にかなっていた。情熱があり、人の道もわきまえているという感じだった。

そして、いやあ本当に助かります、なんて言う様子に、えもいわれぬ可愛げがあった。実のところ、轟のいちばんの財産はその可愛げだったかもしれない。それがあるせいで、みんなつい轟には甘くなり、優しくしてしまうのである。轟さんならできるんだから、この苦況は頑張って乗り越えましょうよ、というような気になるのだ。朝一番の新幹線で駆けつけて融資を頼み込んでくる、なんていう轟に、つい救いの手をさしのべてしまう。

そんなふうに、轟には知人や後援者が多かった。みんな、なんとなく轟を助けてしまうのだった。

それが、轟の持っている、会社をつぶさない才能である。

そのやり方で経営が継続していくのは、楽になった時には、ちゃんと返すものを返しているからである。あの時は助かりましたと礼を言って返し、高いバーで飲ませるぐらいのことをしてつながりを守っていく。手に入りにくい漢方薬の話が出れば、それを求めてプレゼントする。

そうやって、轟さんは信用できる、という気分を守っていくのが、彼の経営法だった。そんなふうに十年以上会社を運営しているのだ。

しかし、根本原理のところを考えてみると、それで永久にうまくいくはずはない経営法だった。本業のほうはずーっとパッとしないままなのだから。

そして、怪しげな話に色気を出して喰いついてみては、する必要のなかった損をしていく。今の話がまとまれば、お借りしているものは一気に返済できるんですよ、なんて言いながら、そういう話がひとつも実現しないのだった。

余裕ができた時には借りているものを誠実に返しつつ関係を保っていく、という彼のやり方も、いつまでも続くものではなかった。その場その場をしのいでいるだけで、全体を見れば失敗ばかりなのだから。

そうすると、結局のところ会社は、過去のために稼いでいることになる。二年前のあの人からの借金を、どうあってもここで返しておくべきだというので、新たに別口から借金をして事業をする。そうやってやっとのことで話をつないでいくのだが、今した借金の返済が三カ月後に迫ってくる。

借金を整理しているだけの会社経営になってくるのだ。いくつかをひとつにまとめたり、小さなものを大きなものに肩代りさせたり、もっと小さなもののことは無視したり。

そして結局は、どうにもならなくなってしまう。その場その場では誠実な轟だが、巨視的に見ると、ただごまかして生きているだけなのだ。

そして、そういう綱渡り会社経営の中で、なんとなく家族を養い、社員に給料を払ってきたのだ。苦しい会社でも、つぶさないで続けていることによって、彼は生活できているのだった。

2

不景気が本格化して、さすがに轟のやり方ではにっちもさっちもいかなくなってきた。あちこちから、助けてもらってばかりなのである。そのどれに対しても、申し訳のような手当てができなくなった。余裕のありそうなところに対しては、借りがふくらんでいく。

そして、おいしい話も出てこなくなる。おいしい話にとびつくことによって、周囲の人間の幻想の中に生きてきた轟にとって、打つ手がなくなるのだ。

轟は、幼い頃に亡くなった母の弟、叔父(おじ)の福田甚一(ふくだじんいち)に以前から可愛がられていた。福田は六十五歳だが、防水コンクリートの会社を経営している。

その叔父を訪ねて、轟は借金を申し込んだ。ただ借金を頼むだけではなく、今手がけている事業がうまくころがれば笑いが止まらないほど儲って、難なく返せるのだから、という話をするわけだ。

福田は、母親なしで育ったお前は寂しい思いをしただろうでな、と思いがけないことを言い、即座に二百万円貸してくれた。

その金を、轟は会社をつぶさないために使う。その会社が続いていれば、なんとなく家族を養っていけるのだから。事実上は借金を生活費にしたのと同じなのだが、とりあえず轟の努力は会社経営に向けられるのだった。

叔父の次には、父方の叔母で、幼い頃母親代りに育ててもらった恩のある志保に泣きついた。物心ついた頃から世話になっていて甘えやすかったのだ。

今がいちばん苦しいところで、ここを乗り越えれば一息つけるんだから、叔母ちゃん助けて下さい、と彼は言った。資産家の夫を亡くして優雅な老人ホームに入っている志保は、私にはこれだけしか出せない、と言って五十万円貸してくれた。これ一度きりで、二度目はないよ、と言って。

そんなふうに、二年前から轟は、親戚や知人から金を借りまくって生きてきた。

確実に、不景気が深刻化して、塗装業が苦しくなってきたのである。社員への給料の支払いがとどこおり、腕のいい者からやめていった。

会社に対して轟がするのは、つぶれないための資金ぐりばかりである。でも、会社さえつぶれなければなんとか生きていけるのだ。

会社があるから借金ができる、というのも一面の事実であった。会社がつぶれてしまって路頭に迷い、家族が暮らしていけないから金を貸してほしい、と人に泣きつくのはあまりにみじめである。男として、そんな屈辱的な生き方はない。

だが、経営している会社を立ち直らせるために借金をするのは恥ではない。そのことに奔走(ほんそう)しているのはむしろ男として甲斐性のある姿である。自分はできる男だという誇りさえ持てる。

事実上は借金で喰っているだけなのに、轟はそんなふうに考えていた。

父親はもう亡くなっていたが、もし生きていたとしてもそこには借金を申し込むことはない。年金生活者の老いた父から金を借りられるはずもなく、そんなに苦労しているのかと、親に心配をかけること自体が親不孝だからだ。親には自分の苦況を見せたくない、という見栄もあった。

だから、父親の後妻、轟にとっては継母(ままはは)である琴美(ことみ)には借金をしない。そこには、事業も順調であるようなことを言っておくのだ。

そして、琴美の子で、母違いの弟となる陽平(ようへい)には泣きついた。三十代のサラリーマンの陽平から、百七十万円を借りてきっと一年以内に返すからと約束するのだった。

轟にとって借金は悪事ではないのだ。眠っている金を、夢への挑戦という有意義なことに活用するだけである。そして、何かで大きな成功を摑めば、金を借りている全員にたっぷりと利息をつけて返すことができる。おれがしているのは、そういう希望のあるトライなのだ。

口では、まだ借金が返せず申し訳ないと、殊勝な態度で言いながら、轟の本心は、いつか十分に恩返しをするんだから、きっとみんなも喜ぶ、というものだった。

あちこちから借金をしまくって、親戚の集まる法事などにも顔を出しにくくなっていく。そんなふうに世間が狭くなっていくのだ。

叔父の福田甚一からはもう七百万円も借りていた。だが、会社をやっていて、事業資金の必要性がわかるのはその叔父だけだと思い、これを最後にしようと、そこを訪ねるしかなかった。

あれが、もうちょっとのところまで来ていて、うまくいけばこれまでのものが一気に返せるから、というような話をするわけである。あれとは、新しい高速道路の防音フェンスの塗装というような、雲を摑むような話だ。

福田は、苦渋のおももちで言った。

「身内に貸した金など、最初から返ってくるとは思っとらんよ」

「いや、そうはいきません。叔父さんに借りた分は必ず返すつもりです」

「それはいいから」

　福田は轟に多くをしゃべらせなかった。

「おれは、身内の少ない人間でな。うちの一人息子にとって、血のつながった親戚は、姉ちゃんが遺（のこ）したお前一人しかおらんのだ。だから、あの子のことを頼む、という意味あいもあって援助してきた」

　そう言うと、銀行の札入れ封筒を出してテーブルの上に置いた。

「だけど、際限なく援助し続けることはできん。この百万円が最後だ。これ以上はおれにもどうにもならん」

　くどくどと礼を言い、頭を下げてその封筒に手をのばすしかなかった。

　友人、知人、親戚関係への借金も、それぞれ限度いっぱいまで来ているのだ。そのことは轟も感じ取っていた。

　叔父の福田は合計八百万円も貸してくれている。もう無理だぞ、と言われれば恐縮して引き下がるしかない。

　これでもう、金を借りられる人間はいなくなったのだ。

従業員が一人になってしまっていたが、その一人がなんとか働けるぐらいの仕事は、轟も必死で取ってくるのだった。ただし、そのぐらいでは、その男に最低限の給料を払うだけがやっとだった。

3

いろんなところから借りている金については、当面忘れているしかなかろうと考えた。轟はそのようにいい加減な人間なのである。金を貸してくれたすべての人に対して、心から感謝し、必ずいつか恩返しをしなくちゃいけないと思っていて、誰からいくら借りているかをしっかり記憶しているのも一方の真実だが、今はどうにもならないのだから考えるのをよそう、と思うのも事実なのだ。とりあえず、借金を返せとギャンギャン言ってこない人のことは忘れていることにする。

彼が心の中でどう思っていようが、表面上は、借りた金はもらったんだと思っているかの如くであった。

知りあいの業者をあてにする時代と、親戚や友人をあてにする時代が終った、ということだった。そこでまた次の時代が始まる。

さすがに、轟も慎重になっていて、無謀な投資をしなくなった。とりあえず、本業の塗装業を熱心にやり、小さな仕事をまめに拾っていったのだ。

そうしている限り、新たな大怪我をすることはないのだ。まだ轟には、こんな小さな仕事で悪いようなものだが、と言いながら仕事をまわしてくれる知人が何人かいた。それに精を出している限りにおいては、よくやる真面目な人間なのだ。

しかし、それでも会社経営にはピンチがつきものである。手形が割れなくなってしまいそう、というようなことが恒常的に発生するのだ。

そういう時、轟は一時しのぎに消費者金融を利用するようになった。金を借りるのに、業者と顔を合わせる必要がなく、無人で、機械から金を引き出すような形式のところである。一回に十万円とか、二十万円を引き出して、当面のピンチを回避するのだ。

そして、少しでもゆとりが生じたら、まめに返済した。知人から借りているのとは違って、そういうところの取り立ては事務的できっちりしているからだ。Aの借金を返すためにBから借りる、というような綱渡りもしなければならない。

轟は、連絡にはもっぱら携帯を使うようになり、会社の電話には出なくなっていった。借金をする時に会社の電話番号は届け出てあり、そこに督促（とくそく）の電話がかかってくるからだ。

何をやっているんだ、というような話である。会社にかかってくる電話に出ないのでは、仕事の話を逃してしまうかもしれないのだ。要するに、仕事は真面目にせず、その時をごまかしていくだけなのだ。

いつの間にか轟は、ひとの金で生きているだけになっていた。借りをころがして、カタストロフィーを先送りしているだけである。

轟も、今自分がきわどいところにさしかかっているのはわかっていた。これまでのように、同業者や親戚や知人から金を借りてやりくりしているのとは違って、消費者金融にすがっているというのが、いざとなったら破滅への道になりかねないのだ。

たまった借金は返さなければならなくなる。そしてもし返せなければ、会社をたたむとか、自己破産をするというような道しかない。

轟は消費者金融からの借金はふくらまないように気を配り、まめに返済してこげつかないように注意した。

それでも、半年もそういう生活をしているうちに、各社の分を合計して三百万円あまりの借金になってしまったのである。

どうにもならない三百万円だった。ついに借金人生を送っていた轟政嗣も、万事休してしまったかに見えた。

ところがそんなある日、轟の家のポストにこんなことの書かれた紙片が入れられていたのである。

『運転免許証だけで信用貸し。当社は、事前審査なしで、信用だけで融資します。最高限度額二十万円まで。苦しいところを乗り切るために、お気軽にご利用下さい』

4

轟は高校で同級だった古い友人に連絡をとり、ずい分久しぶりに会った。高校を卒業してからは、二度くらい同窓会で顔を合わせたことがあるが、関係はそれだけ、というような相手だ。そう特別に親しいわけではなかった。

中村鎮男(なかむらしずお)という男だった。何人かの友人をたどって、その中村の開いている事務所の電話番号を探り当てたのだ。高校でいっしょだった轟政嗣だけど、覚えていてくれるかな、ときいてみると、幸いなことに、もちろんだよという答が返ってきた。

一度会って昔話でもしたいんだけど、という話がまとまって、ある夜、ステーキ・レストランで再会した。轟はそこの払いを持つつもりである。そういう時には、景気よくおごる男なのだ。貧乏なんだか、そうじゃないのか、よくわからない。中村に会うことにしたのは、その男が弁護士だからだった。弁護士にきいてみたいことがあったのだ。

　昔話、と言ってもそう親しくはなかったので話題はすぐに尽きてしまったのだが、それがすんでから轟は本題を切り出した。

「実は、ちょっと教えてもらいたいことがあってね」

「何だい」

「闇金融ってもんがあるじゃないか。電話一本で簡単に、二十万、三十万という金を貸してくれるような」

「あるね。近頃増えているそうだ。悪質な短期小口融資業者だ」

「うん。悪質なんだろう。とんでもない利息だっていうものね」

「トイチ、なんてのも珍しくないらしい。トイチ、というのは十日で一割の利息だってことだ。たとえば十万円を借りて、一カ月で三万円の利息がつくのかと思うとそうじゃない。利息にも利息がつく計算法だから、三万三千百円になる」

「えぐいな」

「トイチどころか、トサン、なんていう業者もあるらしいよ」

「そういうひどい利息であっという間に借金をふくらませて、返せないとなると脅迫まがいの取り立てをするんだろう。腎臓を売ってでも返せとか、女なら、ソープランドへ売り飛ばすとか」

「うん。仲間で、金融トラブルについての相談窓口を設けている奴がいるんだが、びっくりするほどの相談件数だそうだ。ひっきりなしに脅迫めいた取り立ての電話がかかってきたり、家にやってきてドアを叩きまくったり、金返せ、というビラを貼りまくったりするようなケースで、債務者はみんなノイローゼ状態ってことになる」

「そうか。やっぱりひどいんだね。ああいうのは、要するに暴力団とかがやっているんだろうし」

「背後には暴力団がからんでいるケースがしばしばあるようだ。ただし、表面には出てこないんだが」

「どういうことだ」

「暴力団はタネ銭を実行犯に貸し付けている金主の役をしているわけだよ。それで、もし貸し倒れがあっても、それにはお構いなく実行犯からは上納をさせるわけ。だから実行犯は必死だよね。貸し倒れになったら自分が大損をかぶることになるから、どんな脅迫めいたことをしても金を取り立てようとするわけだ」

「なるほど。実行犯は暴力団じゃなくて、そこから金を借りてる人間なのか」

「つまり、実行犯は自分がもう借金まみれだったりするんだね。それが返せないなら、仕事を手伝え、なんて言われてやってるわけで、本当は素人が多いんじゃないかと思うよ。だからこそ、すぐに、殺すぞ、なんていう不用意な脅し文句を口にするんだ。プロの取り立て屋なら、そんな危なっかしいことは言わないよ」

「そうか。闇金融の取り立て屋って、そういう追いつめられた素人だったりするのか」

「全員がそうだとは言わないけどね。中には覚悟のすわったプロもいるだろうから、ナメたら痛い目にあうこともあるかもしれない」

「しかしまあ、その人物が必ず暴力団員だとは思わなくてもいいわけか。えーと、そういう取り立て屋のことを中村くんは実行犯と呼んでるけど、彼らは何か犯罪をしているのかい」

「もちろんそうだよ。まず、とんでもない高利で金を貸すこと自体が犯罪行為だよ。年に二十九・二パーセントまでの利息が上限と法律で定められていて、それを上まわる利率は公序良俗違反ってことになる。それから、脅迫的な取り立ても犯罪だ」

「そうか。金を借りて返さないほうじゃなくて、そんな高利で金を貸したほうが法にふれてるわけか」

「そう。だから原則的には、そういう借金は返さなくていいんだ。そもそもむこうの金の貸し方が違法なんだから、そんな金は返さなくていいことになる」

そうなのか、と轟の目に輝きが生じた。そのあたりのことが知りたくて、弁護士の中村に会ったのだ。

「面白いな。もっと教えてくれ」

轟は具体的な事例について、じっくりと法的解説をしてもらった。そして、きけばきくほど、ある決心が固まっていくのだった。

これはいよいよ腹を決めてやる時なのかもしれん、と轟は思った。

5

ちょうどその頃、轟の一人息子が地方都市にある大学に入学が決まった。東京近郊の大学には合格できないだろうという読みがあったのと、ある地方大学に魅力的な学部があったことから、あえてそこを狙ってみたのだった。轟の息子は、大学生になったらその地方都市に一人で下宿生活をすることを覚悟していた。

しかし、それに対して轟は、一人暮らしでは何かと不便だろう、ということを言いだした。妻に対して、こんな提案をしたのだ。

「お前もいっしょに行ってやれ。あいつ一人では、自炊などできるはずもないんだから」

　妻としては、こうきくわけである。

「でも、あなたはどうするの。あなたが一人で暮らすのも不便でしょう」

　轟は豪快に笑ってこう答えた。

「おれは、一人で平気でやっていけるよ。お前と結婚するまでは、地方から上京して一人で暮らしてたんだからな。自炊だってお手のものだ」

「でも、やっぱりきついでしょう」

「おれはいいんだ。二年や三年、一人で生活できるよ。息子の徹（とおる）にはそれが無理だから、お前がついててやれ」

　夫にそう言われて、轟の妻は考えてしまった。本心は、結婚して二十年もたつ夫と暮らすよりも、一人息子といっしょのほうが楽しいのだ。そうできたらいいのになあ、と内心で思っていたのである。

「いいから、行ってやれ。おれは大丈夫なんだから」

力強くそう言って、轟は妻と息子を地方都市へ行かせ、一人になった。

実はそれは、家族の安全を考えてのことだった。

轟は決心したのである。悪名高い闇金融から金を借りようと。そして、トラブルになったら、敢然と闘おうと。

もう、それしか選択肢はなかったのだ。消費者金融からの借金もふくらんできて、どうにもならなくなっていた。いよいよ個人破産か、というところへ追いつめられている。

だから、ここで最後の勝負に打って出るのだ。それしかなかった。

闇金融から金を借りて、これまでの借金を整理するのだ。とんでもない利息のところに借りをまとめる。

そうしておいて、最後の手段に訴える。少々際どくて、ことによれば事件に巻き込まれるかもしれない秘策をこうじるのだ。

多分、殺されるってことはないだろう、と予想している。その可能性はゼロではないのだが、かなり小さな比率であろう、と読んでいるのだ。

だが、家族までトラブルに巻き込まれることは避けなければならない。脅迫的な金の取り立てで、妻や子を苦しめてもいけない。

そう考えて、妻子と別れて一人暮らしになったのである。それは計画のための布石だった。

一人になってから、轟は短期小口金融から金を借りていった。初めは十万とか、二十万という小口で。そしてそれが、だんだんとふくらんでいった。

十社近くから金を借りて、いわゆる多重債務者というやつになる。そうなってしまった時点で、普通ならば借金の泥沼にどっぷりとつかっていることになり、立ち直り不能、というところである。なのに、申し込めばあまりに簡単に金が出てくる、その杜撰さにあきれるほどだった。

闇金融で借りた金で、消費者金融のほうの借金は整理していった。轟のしていることは、普通に考えれば愚行である。一応まともなところからの借金を、やばいところからの借金で返済しているのだから。命を大切にする人間ならば絶対にしてはいけないことである。

だが、もう彼にはその手しかなかったのだ。そして、殺せるわけがない、というクソ度胸が生まれていた。いや、万が一殺されるならそれでも構わん、というやけくその気分だったのである。

借金を一本にまとめよう、なんて言ってくる業者が出てきた。一見すっきりするようだが、そのどさくさでまた利息がつくのである。弱った動物にハイエナが群がるようなものだった。

しかし、轟はハイエナが群がることを期待して、わざと呼び寄せているのだ。

借金が、二社ぐらいにまとまっていった。借りた金は、二社分合わせて三百万円ぐらいなのに、法外な利息のせいでまたたく間にふくれあがっていく。

ほんの一、二カ月で、借金の額は五百万円を超してしまった。いよいよ、デッドラインが近づいてきた。

弁護士の中村に教えてもらった、闇金融のシステムについて頭の中を整理し、方針を立てる。法律上の正確な知識を持っていることが重要だった。こっちのよりどころはその法律だけだからである。

さあこい、という気分に轟はなっていた。借りられるところからはすべて金を借りつくし、どれひとつとして返せるメドはなく、がむしゃらな気分になっていたのだ。おれの人生は負け犬のものだったのか、と思うと無性に腹が立ってきて、戦闘的にさえなるのだった。

借金なんて、返さんでもいいんだ、と轟は思う。おれに貸した金というのは、おれという希望への投資なのだから。投資にはリスクがつきものだ。楽しい夢を見られただけで、モトは取ったと考えるべきなんだ。

おれの夢はつぶれた。だからここで、すべてはチャラになるのだ。借りた金のことなんか知るか。

轟は、闇金融からの督促の電話を待った。

気の弱い人ならば、殺されるかと震えあがってしまうという脅迫めいた督促を。

そして、ついにその電話がかかってきた。

6

「お宅に貸してる金だがね、だいぶん額も大きくなっとるし、そろそろ返してもらいたいんだよ」

男のだみ声がそう言った。声をもとに、おれと同年配ぐらいか、と推察する。

「全部でいくらになっていたかな」

と轟は言った。

「全部まとめたからね、大金だよ。元利合計で、五百四十六万になっとるね」

「私が借りた金は、合計三百万円ぐらいだったと思うんだが」

「寝言を言うんじゃないよ。借金には利息ってものがつくんだ。債務をまとめた手数料もある。五百四十六万だ。きっちりと返してもらおうじゃないか。それができなきゃ、少々ヤバイことになっちまうぜ」

「三百万が、あっという間に五百万以上になってしまうのか。とんでもない利息だな」

「それは承知の上で借りたんだろうが」

「今すぐ返せと言われても、それだけの大金は用意できないんだ」

それまでは比較的まともだった相手の口調が、そこで一変した。

「ふざけたこと言ってんじゃねえ。事の意味がわかってねえようだな。あんたの借金ゲームは終ったんだよ。ここで今までの分を全部返すしかねえんだ」

「金がないのに、どうやって返せと言うんだ」

「金を作るんだよ。どんなことをしてでも金を作って、この借金に片をつけるんだ。親兄弟に借りてもいいやな。命がかかってるとなりゃ、身内がなんとかしてくれるだろ」

「命がかかってるのか」

「当たり前だろ。五百万以上の大金がかかってるんだぜ」

「それは、返さなければ殺されるという意味かな」

「意味は自分で考えろ。とにかく、金を作れよ」

「親はもう死んでいるし、兄弟もいないんだけど」

「誰か身内がいるだろ。さもなきゃ、女房を働かせろ」

「妻とは離婚したんだ。だから、助けてくれるような人は一人もいない」

「ふざけるな。てめえ、死にたいのか」

「死にたくない」

「死にたくなきゃ金返せ。借りた金を返すのは当然のことだろうが。鮪漁船に乗れ」

「どうして鮪漁船に乗るんだ」

「遠洋漁業に出て働くんだよ。乗船する時に給料の前払い分が出る。それをこっちが受け取る」

「一回に五百万円もは給料が出ないだろう」

「だから、それを三、四回やるんだよ。そうやりゃなんとか全額返せるだろう」

「その話は、嘘だろうな」

「何だと」

「鮪漁船に乗せられて一年とか働かされる、というのはハードすぎると考えて、なんとか金を用意する人が多いんだろうけど、そんな漁船で働けるわけがない。船の側だって、未経験者を雇ったって使いものにならないって考えるはずだよ」

「うるせえんだよ。何としてでも金を作れっていうことだ。泥棒でも何でもしろ」

「そんな簡単に泥棒をして金が作れるなら、おたくに借金をすることもないだろう」

「やかましい。腎臓を売れ。闇で手術してくれる医者を紹介するぜ」

「親からもらった体にメスを入れちゃいけないと思うな」

「しゃべるな。てめえは金のことだけ考えりゃいいんだ。よくわかってねえようだが、借金を返すまでは地獄だぜ。一日に百回以上も督促の電話がかかってくるんだ。もちろんてめえの家にも押しかける。当然のことだろうが。借りた金は返さなきゃいけねえんだ」

「返しようがないんだ」

「黙れ。返せ。返せ。返すんだ、バカヤロウ。五百万からの金を返せねえだなんて言ってやがると、本当に死ぬぞ」

「それは、私を殺すという意味かな」

「そうだよ。当然じゃねえか。ぶち殺すぞ。そんなことはこっちにとっちゃ訳(わけ)ねえんだ」

「今までにも何人も殺しているのか」

「そうだよ。みんな東京湾の底に沈んでいるんだ。そうなりたくなきゃ金返せ」

「そんなのおかしいよ。金貸し業をしていて、返済できない人間を次々に殺したって何の儲けにもならんだろ。殺せば保険金が入るというのならともかく、そうでなきゃ、ただの殺し損じゃないか」

「うるせえバカヤロ。みせしめだよ。みせしめで殺すんだ。金は返さなきゃいけねえんだからな」

「こんな不景気な世の中で、借金を返さない人間をいちいち殺していたんじゃ、そっちで手いっぱいだろ。東京湾は死体だらけだ」

「てめえ、腕を一本落とされたいのか」

「落とされたくない」

「なら金返せ。それしかねえんだよ。借りたもんは返すんだ。そうでなきゃ泥棒だろうが。子供にだってわかることだ」

轟は、ふうと大きく息をして、冷静さを心がけた。いよいよ、ここからが勝負なのだ。

「ところが、そうじゃないようなんだ。ちょっと調べてみて、わかったことがある」

「何が言いたいんだ」

「勉強したんだよ。その結果わかったのは、私はあんたに借金を返す必要はないってことだ」

「殺すぞ、てめえ」

むこうの声が裏返った。

7

「借りた金は返さなきゃいけねえに決まってるじゃねえか」

「そうじゃないんだ。要するに、あんたのところの金利がむちゃくちゃすぎるんだ」

「わかってて借りたんだろうが」

「それはどっちでもいいことだ。三百万円がほんの一、二カ月で五百万円以上になるというような金利は不当だってことだよ。私は計算してみたんだ。あんたのところの金利は、一年で約四百パーセントぐらいになる」

「短期だから一年も貸してねえ」

「それにしても、年に四百パーセントというのはひどい。法律で定められている利息の上限は、一年で二十九・二パーセントだ。おたくのはその十五倍くらいのむちゃな利息だということになる」

「どうでもいいんだよ、そんなことは」

「どうでもよくはないよ。法で定められた利息の上限を上まわって貸した金は、それ自体が違法であって、普通の借金だとは考えないいんだ」

「うるせえ、金返せ」

「その必要はないいんだ。こんなひどい利息の金は、不法原因給付というものなんだ。つまりそのこと自体が犯罪だから、返済義務はないってことになる」

「そんなバカな話があるか。とにかく、そっちは金を受け取ったんだ。それをどうして返さねえ」

「そっちの貸し方が違法だからだよ」

「初めの三百万はどうなる。利息はともかく、それは返すのが当然だろう」

「そうじゃないんだ。その三百万円がそもそも不法原因給付ってことであり、出資法違反なんだから。そういう金というのは、バクチの負け金と同じで、法律上返済の義務はないいんだ」

言いながら、こんなことで相手は引き下がるだろうかと、大いに不安もあった。確かに、こっちの言っていることは法的に正しい。闇金融からの借金というのは、貸しつけがあった時点で既に違法で、利息どころか、借りた金そのものも返す必要はないのだ。裁判に持ち込めば、必ずそういう判決になる。

だが、そう言われてむこうは泣き寝入りをするかどうか。

バックにいる暴力団は、その場合動くのだろうか。いくら何でも、そんなケースを見逃していては闇金融というシステム自体が壊れてしまうというので、荒っぽい所業に出るのだろうか。

ヒットマン、なんてのが出てきて、みせしめのために金を返さない人間を殺すとか。

しかし、暴力団はシステムの下のほうのトラブルになどお構いなし、ということも考えられる。実行犯がどんなに損をしようとも、そいつに貸した金は確実に取り返す。だから暴力団に損はないのだ。誰が泣きを見ようが、大元にはどうでもいいのかもしれない。

だとすれば、半分素人のような実行犯に、本当に人を殺すような力があるとは思えない。口先で脅しているだけだということになる。

おそらく、本当に殺されるようなことはないだろう、と轟は読んでいた。気の弱い人を脅して金をまきあげているだけなのだ、こんな奴らは。裁判で闘おう、と言われればあきらめてしまうに違いない。

もし万一、バックにいる暴力団が出てきて身に危害が加えられたらどうするか。その時は、勝負に負けたんだと考える。その危険性はゼロではないが、ここに賭けたのだ。

轟はそこまで意思を固めていた。こっちは借金の玄人なのだ。最後の最後には、そこまでの大勝負に打って出るのだ。

「てめえ、弁護士に相談したな」

と、相手は言った。その声には不安の色があった。

「よく知っている弁護士がいて、法的なことをすべて教えてもらったんだ。裁判になれば必ず勝てると太鼓判を押してくれたよ。だから裁判しようよ。訴えてよ」

「バカかてめえ。裁判なんかしたら金がかかるじゃねえか。それよりも、貸した金を返してもらう」

「だから、あれは貸した金じゃないんだよ。私に不当に渡した金だ。だから返す義務がない」

「本当に殺すぞ」

「私を殺したって金は戻らんよ。ただ殺人犯になるだけだ」

「そうするしかねえだろ。この大金をおれがあきらめるとでも思ってるのか」

「殺すと何かいいことがあるのか」

「うるせえ。いいか、金をもらいに行くぞ。何回でも押しかけるぜ。金を出すまではあきらめねえからな」

「いいよ。その場に、知りあいの杉本巡査長に立ちあってもらおう」

「てめえ、警察の手先か」

「杉本巡査長は友だちなんだ。警邏課なんだけど、何か困ったことがあったら力になると言ってくれてる」

轟は口から出まかせのハッタリをかましていた。実際に家に押しかけられ、力ずくのやりとりになるのは避けたいのだ。

「バカヤロ。何が警察だ。借りた金を返さないっていう、むちゃくちゃなことを言ってるのはそっちじゃねえか。そのほうが泥棒じゃねえか」

「だったら裁判しようよ。そうすれば、あの金が借金なんかじゃないってはっきりするんだから」

「とにかく、三百万円ばかりおれのところから渡ってるんだよ。それは返せ」

「その必要はないんだから、一円たりとも払う気はない」

「弁護士にそう言えと言われたのか」

「金融トラブルを専門にしている人だよ」

「そうはいくか。絶対に返してもらうぞ。バカヤロ。金返せ、金返せ、金返せ、金返せ、返さなきゃ殺す」

「返さない、返さない、返さない、返さない。殺したって一円も得にならんぞ」

「黙れ、くそったれ」

「そっちの貸し方がおかしいんだよ」

「このまま引き下がると思ったら大間違いだぜ。どんなことをしてでも金は取る」

「どうするんだ。誰かほかの人間に金を取り立てさせるのか。五百万円取り立ててきたら百万円やる、なんて言ってやばいことを平気でやるチンピラを雇うのか」

「どんなことだってやる」

「それは、債権譲渡ってやつだ。それ自体が違法で、それによって金を取り立てた者は、弁護士法七十三条違反になり、二年以下の懲役または百万円以下の罰金となる」

「てめえ、気は確かか」

「確かだ。とにかく、そっちの最初の貸しつけが違法なんだから、何をやっても犯罪になるんだよ。もちろん、言うまでもなく、私に危害を加えたり、制止を振り切って家に入ったりするだけで刑事事件になる。どうしたって私から金を取ることはできないんだ」

「家に火をつけるぞ。本気だからな」

「放火犯になるだけで、金は一銭も戻ってこないぞ」

「ふざけるな」

「ふざけていない。本当のことだ」

電話はいつまでも延々と続いた。返せ、返さない、というやり取りが一時間以上続いたのだ。

しかし、どんなにねばろうが、闇金融の側に正当性はないのである。たとえばの話、今になって、では金利を、法で認められている年二十九・二パーセントに下げるから、元金にその利息をつけて返してくれればいい、と提案しても、そうはならない。法に反した契約で金を貸したその時点で、それは不法原因給付なのであり、返済義務なしなのだ。

「絶対にあきらめんぞ。また電話かけるからな」

と言ってついに相手はいったん話を打ち切った。

「今の通話で、伝えるべきことは伝えたから、もう相手できんかもしれんよ」

と轟は言った。

ガチャン、と受話器を置いて、ため息をつき、額の汗をぬぐった。

闘いなのだ。相手に、どうしても金は取り返せないと思い知らせなければならない。簡単にあきらめるとは思えない。うんざりするほど攻勢をかけてくるだろう。

だが、こっちに返済義務はないのだ。何度でもそう言うだけだ。場合によっては本当に裁判に持ち込む。

暴力沙汰に出るかどうかだ。それは多分ないだろう。むこうにとってメリットがひとつもないのだから。

でも、やられた時はそれもまた運だと思おう。それはわかった上で、闘っているのだ。轟はやる気になっていた。さあ、どうするつもりだ、なんて思う。

この借金、死んでも返さないぞ、という気分だった。

そう思う轟には、会社をつぶさないために資金ぐりに駆けまわっている時と同じような充実感があった。

（作者注・これはフィクションであり、実際にこんなやり方でうまくいくと思うのは、大変に危険です。闇金融にかかわって悩んでいる方は、弁護士に相談することをおすすめします）

森本鉄太のおれおれ詐欺　10,000

1

鉄太（てった）が礼奈（れな）と別れたのは二カ月前だ。それはもちろん、落ち込むことだった。私たち、限界だと思うの、と別れ話を切り出したのは礼奈のほうで、最初は、なんで急にそんなことを言うんだと腹が立ったぐらいだ。そして次に、そういうのやめてくれよ、と弱気になった。

しかし、二人は男と女としては終ったのよと礼奈は言い張り、それはつまり恋愛感情がなくなったと言っているわけで、面白くないのだがどうしようもないのだった。

鉄太はそういう時、泣いて女を引き止めようとする人間ではなかったし、ストーカーになって女にまとわりつくこともしない、まあ普通の男だった。悲しいけど、そっちがそんなに思いが冷えちゃってるならしょうがないかと考えて、その別れを受け入れた。

だから、ただつきあってた女性と別れた、というだけなら、寂(さび)しさをかみしめながらも耐えられたのだ。

ところが、共通の知りあいである女性から、礼奈のその後の消息をきいて鉄太の心の中にざわざわと黒い波が立ってしまった。

礼奈が今つきあってる人って、すごいお金持ちらしいの。

とその女性は教えてくれたのだ。

お父さんが不動産会社の社長で、家だって豪邸なんだって。それでその人は、好きなように遊んで暮らしてるらしいの。礼奈も、アクセサリーとか洋服とか、高級ブランド品のプレゼントをいっぱいもらっているんだそうよ。

おれと別れようって言ったのは、その男に乗り替えるためだったのか、と思った。

つまり、金持ちの男とつきあいたくて、二年半続いたおれとの仲を清算したのか。

なんて女だ、という憤(いきどお)りがわかないわけではなかったが、それよりも、自分にいや気がさした。

おれは金持ちじゃなく、二十三歳にもなって不安定なアルバイトをして生きていて、貯金なんかほとんどない。礼奈に指輪やネックレスをプレゼントしたことも、ほんの一、二回しかない。

だから礼奈は、もっと金まわりのいい男とつきあうことを選んだのだ。

そう思うとすごくくやしいのだが、女性としてそれはとてもありがちなことだという気がした。年頃の女性が異性を求める時、この相手なら人生を託せるだろうか、頼っていいだろうかと考える、つまり、経済的な基礎力があるかどうかを見るというのは、ある意味当然のことだとも思えるのだ。

そのことだけで男を評価する女ってのもいやだが、それをまったく気にしない女はいないだろう。

そんな気がして、鉄太は気持を腐らせた。

確かにおれは、余裕のまったくない貧乏な生活をしてると、認めざるを得ないのだ。

くそっ、金がねえから女も逃げだすってことなのか。

それは自分の人間性を全否定されるような気分の悪いことだった。金がほしい、と鉄太は少し暴力的なぐらいの気分の中で思った。

そんな気分でいて、ここ何日かムカムカしていた。だが、自分の気分とは関係なく、その日その日のやらなきゃいけないことはある。

森本（もりもと）鉄太の今現在の職業は、居酒屋「味雷亭（みらいてい）」のアルバイト従業員である。その日も午後四時には店に出て、開店前の準備をした。店内の掃除、食器の片づけ、卓上の調味料の補充など、やるべき細かいことがいっぱいある。

このところ店はまずまず順調で、以前は四時には顔を出していた店長も、開店の五時の十五分前ぐらいにならないと出てこなくなっていた。だから鉄太は、フロアのほうで一人で黙々と働いていたのである。

そんな時に、店の電話が鳴った。

「はい、味雷亭でございます」

ございます、が言えるのは、このバイトが長いからだ。

「あの、新橋の居酒屋さんですよね」

若い女性の声だった。

「はい。そうですが」

「あの、私きのうおたくで飲んだ客ですけど」

「はい、いつもありがとうございます」

「きのう、おたくに忘れ物をしたんじゃないかと思うんですけど、調べてもらえませんか」

女の声は不安そうな調子だった。

「どういったものをお忘れでしょうか」

「書類の入った封筒です。大きな封筒で、社名が入ってます。おたくへ忘れたんだと思うんですけど」

「ちょっとお待ち下さい」

電話を保留にして、調理場のほうへ歩く。注文伝票をのせる台があって、その台の下の棚が客の忘れ物を保管するスペースになっていた。そこに、これかな、と思える紙袋があった。それを持って電話に戻る。

「もしもし。ひとつ、これかなと思う紙袋がありましたが」

「あっ、そうですか。よかったあ」

「あの、封筒に印刷してある会社の名前を言って下さいませんか」

「ワールド旅行社です。その封筒には、うちで企画している、マイ・トラベルというツアーの名前のほうが大きく印刷してあるんですけど」

「それなら間違いありません。その封筒は今ここにあります。えーと、中に書類が入っている重さと、厚さがあります」

女性は、自分の名を言った。取りに来たら渡せばいい、と鉄太は思った。

ところが、女性はこういうことを言った。

「実は私、今日これから出張に出なきゃいけないんです。ですから今日はお店へ行けなくて、明日取りにうかがいたいんです。それまで、その紙袋を保管しておいてもらえないでしょうか」

「構いませんよ。これ、日がたっても変質するようなものじゃなくて、書類ですよね」

「そうです。明日の開店前に取りに行きますから」

「わかりました。お客様の忘れ物を保管するところに置いておきます。それで、もうお名前もうかがいましたから、ワールド旅行社のこういうお方のもの、というメモをつけておきます。それだとほかの者でもわかりますので」

「開店は何時でしょうか」

「五時です。でも、四時半でしたらもう、従業員も揃(そろ)ってますから、お渡しできますよ」

「わかりました。明日のそのぐらいの時間に行きます。どうかよろしくお願いします」

「はい、そのようにします。それでは明日ということで」

客の忘れ物の件は、そのように話がついたのだった。

2

その日も、いつものように十一時に閉店して、後片づけなどをして、十一時半頃に仕事が終った。

制服から私服に着替えて、家に帰ろうという時、ふとこう思った。

あの忘れ物の封筒は、ここへ置いとかないほうがいいかな。

そのほうが間違いがないかも、と考えたのだ。

居酒屋には、結構忘れ物が多い。飲みすぎて正体を失ってしまうような客もいるのだから。折りたたみ傘や、名刺入れや、書類鞄(かばん)など、一日に何個も忘れ物が出る。そして、どこに忘れたのか記憶してないのか、ついに取りに来ない場合も多々ある。

だから忘れ物棚は整理され、古い物は捨てられたりするのだ。

これは誰のもの、というのが電話でわかっているんだから、この封筒はおれが別に持ってたほうが確実だな、と考えた。誰かに整理されちゃって、どこへ行ったかわからなくなってもまずいし。

そう思って、その封筒を持って、住んでいるアパートに戻った。

それで、夜中の一時頃に、封筒の中の書類を見てみたくなったのは、まったくの気まぐれだった。

若いOLの忘れ物は、本当に会社の書類だけなんだろうか、という好奇心がわいたのだ。その封筒は、のりやテープで封印してあるわけではなくて、中身を見てもバレる心配はなかったのだ。

封筒の中に入っていたのは、本当に書類ばかりだった。他人が見ても何も面白くないものである。

ただ、意味がよくわかって多少興味を惹かれるのが、お客様名簿だった。

海外旅行を主に扱っている旅行会社の、顧客名簿だ。つまりそれは、その会社のパッケージ・ツアーに参加して外国へ行った人たちの、名前と住所と電話番号の一覧表だった。

そんな人たちの名が、何枚にもわたってズラリと並んでいる。

こんなに多くの人間が海外旅行をしているのか、と驚くほどだった。こっちは海外どころか、国内旅行だってろくにできない貧乏人だというのに、ここには旅行に何十万円も払える人がズラリと並んでいる。

書類をぼんやりながめてそんなことを考えていたら、ちょっと違う一覧表が出てきた。〈ゆとりのデラックス・ツアーお客様一覧表〉というものだった。

その意味を考えて、鉄太はムカムカしてきてしまう。つまり、ホテルもデラックスで、日程もゆったりとした、ゆとりの海外旅行をしちゃう客の一覧表なのだ。五十代、六十代の金持ち夫婦とかだろうか。百万円ぐらいの金をポンと払ってゆとりのツアーを楽しめちゃう人間がこんなにいる。

その一覧表は、ほかのとは違って、顧客だけのリストではなかった。客の、名前、年齢、住所、電話番号があって、次の行に、緊急時連絡先というものがついていたのだ。

つまり、万一事故があった時の連絡先というわけだ。飛行機事故があったら一大事だが、そういう時のための連絡先は前もってきいておかなきゃいけないのだ。

そういう行があって、名前と、年齢と、住所と、電話番号と、続柄が書いてあった。ゆとりの五十代、六十代なのだから、その連絡先として、息子や娘を指定しているケースが多い。長男、とか、女婿（むすめむこ）なんて書いてあるのだ。

ただし、もちろん子供ではない者がそこに書いてある例もある。弟とか妹、甥（おい）や姪（めい）を指定している例もある。

そして、そう多くはないが、親を連絡先にしている人も何人かはいた。
七十五歳の父だとか、八十歳の母のところの電話番号が伝えてあるのだ。
それを見ていて鉄太がまず思ったのは、こんな年寄りに緊急連絡して、ちゃんと話
が通じるのかな、だった。
だが、それはやっぱり通じるだろうな。あなたの息子さんの乗った飛行機が落ちま
した、ってのは、意味の取り違えようもないことだ。
そして、考えていくうちにあることに気がついた。
この、緊急連絡先に指定されてる父や母というのは、息子や娘と同じ家に住んでい
るんじゃないんだ。なぜなら、旅行に申し込んだ人とは住所と電話番号が違うのだか
ら。ここに、父、とある人は、ひょっとして妻と暮らしているかもしれない。その場
合、届け出る名は夫のほうにしておくだろうから。しかし、母、とあるものは、多分
独居老人だ。
その老人たちが、旅行する人の兄弟と同居しているかもしれない、というのは考え
られない。旅行する人が次男で、その母は長男と同居している、という線はありえな
いのだ。なぜなら、そのケースならば、そんな老人ではなく、長男の名を連絡先とし
てあげるだろう。そして続柄に、兄、と書く。

そうしないで、母の名をあげるのは、一人暮らしをしている母しか近い親戚がいないからなのだ。

ということは、ここに父、または母として住所と名前と電話番号が出ているのは、老夫婦、または婆さんだけの一人暮らしの人のリストだということだ。

鉄太は名簿をめくって数えてみた。そういう老人が七人いた。

しかもその七人は、金をある程度持っていて、生活に余裕があるのだ。なぜなら、息子はゆとりのデラックス・ツアーを楽しめる階層なんだから。息子はデラックス・ツアーでその親は生活保護を受けている、なんてのは考えられない。緊急時の連絡先にしているぐらいなんだから、親子には行き来があって、仕送りもあるんだろう。もしくは、家に資産があって、そのせいで息子もデラックス・ツアーなんだとか。

とにかく、この七人の老人は、かなり金を持っていて、しかも老人世帯をやっている人たちだ。

鉄太は考えた。

思いがけないなりゆきで、おれはこういうリストを見てしまった。明日、この書類はあの電話をかけてきた旅行会社のＯＬに返す。おれが中の書類を見たなんて、そのＯＬは考えもしないだろう。また、もしおれが見たんだとしても、顧客名簿を見られてそれが何か意味あることだとは思えないだろう。

だが、そうじゃない。この頃、パソコンを通してある団体や、ある条件の人々、たとえば中学生の子供を持つ親のリストとか、金持ちの持つカードの会員とかのリストが外にもれるという事件がちょいちょいおこっているが、それが問題なのは、そういうリストは価値があるからだ。セールス活動をしようとした時、それに適したリストがあれば断然有利なのだから。

この名簿を見たことで、おれ自身が何か一儲け(ひともう)できないだろうか、と鉄太は考えた。

3

翌日、店に出る前に鉄太は、コンビニで書類をコピーした。いろいろあるお客様名簿をすべて一部ずつコピーし、自分のものにしたのだ。

海外旅行を楽しむ人々ってことは、かなり裕福な人々のリストってことだから、そのリスト自体、しかるべき相手にはいくらかで売れるもののはずである。

しかし鉄太はリストを売ることは考えていなかった。それをしたほうが、すぐに事件として世に知られてしまうような気がするのだ。とりあえずは、このリストはおれだけが内密に持っていよう、と考えた。

四時に店に出て、いつものように開店の準備をした。書類入りの封筒には、中を見た形跡がないように注意した。

四時半頃に、そのＯＬが店に来た。

「あの、きのう電話をした者ですが」

「はい。忘れ物をなさった方ですね」

「そうです。絶対にここへ忘れたんだと思ったんですけど、でも心配でした」

鉄太は封筒を出した。

「これですね」

警察じゃないんだし、本当にこれがあなたのものだと証明して下さい、なんてことを言う必要はないだろう。居酒屋の忘れ物なんて、これですか、そうです、のやりとりだけで返せばいい。

ＯＬは、そうです、と安堵（あんど）の声を出し、それを受け取った。そのまま帰ろうとするので、こう言った。

「中身はちゃんと元通りですか。確認して下さい」

「あ、そうですね」

ＯＬは中から書類を出し、全部ちゃんとあるかどうか調べた。

「あります」

「じゃあ、お持ち下さい」

ＯＬはもう一度きちんと礼を言って帰っていった。

その時点で、鉄太とＯＬの縁は消える。

そのＯＬは、鉄太が何かを盗(と)ったなんて夢にも思っていないだろう。

次の日の昼、鉄太はコピーした顧客名簿を前にして、一人であれこれ考えた。午後○時頃だったが、考えに夢中になって昼めしを食べることも忘れていた。

この名簿をもとに、何か一儲けできないだろうか。特に、息子の一家といっしょに住んでいるのではない七人の老人世帯が気になる。みんな、かなりの金持ちだと考えられるのだ。

そういう爺(じじ)ィや婆(ばば)ァから、金をまきあげる手はないものか。

鉄太は、ちくしょう、と声を出し、考えるふりをするのをやめた。今さら考えるなんて変なのだ。実はおとといの夜、この名簿を見てるうちに頭にひらめくことがあった。だからこそ、こっそりとこれをコピーしたのだ。

だけど、本当におれにそんな犯罪ができるんだろうかとビビる気持があって、頭の中でその言葉を使うのをためらっていた。

しかし、本当は最初から、うまくやれるんじゃないかと思えて胸が震えていた。

この頃よく耳に入ってくる、おれおれ詐欺だ。最近は振り込め詐欺と言っているようだが、おれおれ詐欺のほうがよくわかる。

爺さんか、または婆さんのところに電話がかかってくるのだ。出てみると、若い男の声で、おれだよ、おれ、と連呼する。老人なら大抵、何人か孫がいるものだ。そこで、みんなひっかかって、××ちゃんかい、と言ってしまう。

そうだよ。おれ、困ってるんだ。助けてよ。

孫だと思い込んだ相手にそう言われて、老人はあたふたしてしまう。孫の身に何かあったらどうしようと動転して、あの子とはちょっと声が違う、なんて冷静に考えられない。

やくざの車にぶつかる交通事故をおこしてしまったんだ、というようなことを言うケースが多いらしい。事故だなんて、怪我は大丈夫かい、と老人はもうパニック寸前だ。

そこからの、詐欺の手口はだいたいこんなふうらしい。

怪我はしてねえよ。だけど、やくざの高級外車にぶつかって大きな傷をつけちゃったんだ。それで、今、やくざたちにつかまってる。車の修理代を出さないと、何されるかわからないんだ。だからどうしてもお金がいるんだよ。

そう言われて、孫のためなら金を出してやろう、と思う年寄りがびっくりするほど多いらしい。孫の安否をその親（つまり自分の息子か娘）に確認する冷静さもなく、言われる通りに、指定された銀行口座に金を振り込む例がいっぱいあって、だからしばしばニュースに取りあげられているのだ。

それが、老人を狙ったおれおれ詐欺だ。考えてみると、そんな詐欺が流行と言っていいくらい多くなっているのは、老人だけの世帯が増えているからだろう。社会的に核家族化が進み、老夫婦だけとか、婆さんの一人暮らしとかが多いのだ。息子の一家と同居しているのなら、息子なり、その嫁なりに、こんな電話がかかってきちゃったよと伝えて大騒ぎになるだろう。そのうちに、でもあの子は運転免許を持っていないよ、とか、なぜ私じゃなくてお祖母ちゃんに話したんだろう、とか疑問点も出てきて、携帯に連絡して確認をとろう、なんてことにもなる。その確認をとれば、孫には何事もないってことがすぐわかって嘘にひっかかることもないのだ。

ところが、老人だけのところへそういうドキリとする電話がかかってくるので、あわてふためいてしまい、すぐさま現金を握りしめて銀行へ走ってしまう、というようなことになるわけだ。

おれおれ詐欺の流行の裏には、そういう、老人世帯の増加があるのだ。

そしてまさに、おれはその老人世帯のリストを持っているんだ、と鉄太は考える。おれおれ詐欺をする犯人は、ただあてずっぽうに電話をかけまくっているのではないはずだ。少なくとも、その家には爺さんか婆さんがいる、ということぐらいはわかって電話をしていると考えられる。新婚夫婦のところへ電話して、おれだよ、おれ、と連呼したって、いたずらはやめて下さい、と言われるだけなんだから。

老人がいること。そしてできることなら、老人だけの世帯であること。そういうところへ電話をかければ成功率が高い。

だからおれおれ詐欺犯は、そんなリストをどこかから手に入れて犯行に及ぶのだろう。

まさにそのリストを、おれは手に入れたのだ。おまけに、それらの老人は、息子がゆとりのツアーをするぐらいに金持ちなのだ。

やるばかりじゃないか、と思えてくる。こんなうまい話はないのだ。

鉄太は綿密に計画をねり始めた。

4

考えてみて、いちばんネックになるのは、金を銀行口座に振り込ませるというやり方だった。

鉄太は銀行に普通口座を持っている。そこへ金を振り込ませる、というだけなら、ちゃんとできることだ。

しかし、それは考えるのも愚か、というぐらいバカなやり方だ。ほとんど、本名をなのって犯罪をしてるようなものなんだから。

もし詐欺にひっかかって老人が金を指定された口座に振り込んだとして、いつまでも騙され続けているわけではない。いずれは、孫の安否を確かめたりして、事故の話は誰かの嘘だったと気がつく。騙されたんだ、と。

そうなりゃ警察に被害届を出す。その時に、指定された口座が証拠になる。

老人が、電話できいた口座番号を暗記できるはずはない。いや違うか、どんな人だってそんな暗記はできないからメモをとるものだ。警察にそのメモを見せれば、森本鉄太と本名までわかってしまうのだ。

そんなマヌケなやり方はできない。

世間のおれおれ詐欺犯は、まず、金を振り込ませる口座を、自分の身元が割れないように用意するのだろう。偽名を使い、三文判で口座を持つのだ。住所などもでたらめにしておく。

そういう口座に金を振り込ませ、すぐに金を引き出すのに違いない。ひとつの口座を一週間使ったら、もうそれは捨て、また別の口座を作るとかする。そんなふうに、口座番号からは自分のところへたどり着けないやり方をしているに違いない。

そういう準備が必要なのだ。

面倒臭(くせ)えな、と鉄太は思ってしまう。おれは、たった七人分のリストを持ってるだけで、そのうちの一人でいいから、ちょっとした金をまきあげられないかな、と思っているだけだ。いわば、プロのおれおれ詐欺師ではなく、出来心で一回チャレンジしてみるだけのアマチュアだ。

だから、偽(にせ)の口座を用意するというほど本格的なことはやりたくないな、という気がした。そこまでやると、本当の犯罪者になるような気がする。いや、一回やっただけでもそれは犯罪なんだけど、気分の問題だ。

電話をかける相手の住所はわかっているんだから、直接金を受け取りに行くというのはどうだろう。

孫になりすましている鉄太が、こう言うわけだ。

「おれはここから帰してもらえなくて、ここの人が代理で金を取りに行くから、その人に渡してくれよ。そうすりゃ、おれも許してもらえるんだ」

そう言っておいて、鉄太がバイクでその人の家へ行き、あんたの孫の代理だが、弁償金をもらいに来た、と言えばいいわけだ。

その時、顔を見られる、というのがそのやり方の問題点だが、サングラスをかけ、マスクでもしていれば顔はほとんどわからないだろう。銀行口座なんかを用意するより、断然てっとり早いやり方だ。

それでいこう、と決心して、鉄太は独居老人、もしくは老夫婦世帯と思われる、七人の住所を見ていった。

なるべくなら、よく知ってて、近いところに住んでる相手がいいのだ。相手に、時間がたっぷりあると、何がおこるかもしれなくて危険性が高くなる。当の孫から電話がかかってきたら嘘がバレてしまうし、それはないとしても、一時間以上も待つうちに親戚に相談しよう、というような気になるかもしれない。そうなれば、それは近頃よくきくおれおれ詐欺ではないか、と言いだす者がいたりして、警察に届けなければ、なんてふうになりかねない。そこへのこのこと顔を出すのは捕まりに行くようなものである。

土地勘がなくて、住所だけを頼りに家を捜すのに手間取りそうなところもとりあえず避けよう。それはまた後日、先にその家を見つけておいてから、どこか近くから携帯を使ってやることにしよう。今日はそういうものじゃなく、近くて行きやすいところだ。

鉄太は今日、ちょっと試してみようという気になっているのだった。

七人のうちで、いちばん近いところに住んでるのは、岩井亀吉という七十四歳の爺さんだった。東京の区分地図を出して、住所を照らしあわせて、この辺だな、と見当がついた。

バイクでなら十分で行けそうである。

爺さんだというのが、どうだろうか、と思う。婆さんのほうがそういう詐欺にはひっかかりやすいのではないか。でも、爺さんだって孫が可愛いのは同じじか。

鉄太はとりあえずやってみることにした。

電話をかける。コール音が十回ぐらい流れてから、やっと相手が出た。しわがれた男の声である。

「もしもし。岩井ですが」

「あ、お祖父ちゃん。おれだよ、おれ。おれ、困ったことになっちゃったんだ。おれ、どうすりゃいいのかわからないんだよ」

「マサトか」

その名を頭に入れる。

「うん、そう。おれ、事故をおこしちゃったんだよ。そんで、相手につかまっちゃってるんだ」

なるべく情けない声を出した。

「事故ってどういうことだ」

「やくざみたいな相手の、高級外車にぶつかったんだよ。だから相手がすごく怒ってて、おれを部屋に閉じこめてるんだよ」

きっとおろおろした声を出すだろう、と思っていたのに、返ってきた言葉はこうだった。

「それは天罰だな」

「え？」

「お祖父ちゃんのような年金生活者から、二百万円も借りて逃げまわっとるような人間だから、そういうことになるんだ。助けてほしければ二百万円を返してくれ。それができないんなら、やくざにボコボコにされるがいいさ」

ダメじゃんか、と鉄太は思った。

5

早々に電話を切った。いつまでも偽の孫を演じて、爺さん相手に、金を返せ、返せないの口喧嘩をしていても何の得にもならないからだ。

しかし、あんな爺さんがいるとは思わなかった。お祖父ちゃんに借金を返せ、返せないんならやくざに痛めつけられよ、というのはめちゃくちゃである。借金して逃げまわっている孫もひどいが、祖父のほうもひたすら身勝手ではないか。あきれた一家だと驚く。

あんな家はダメだ。もっと普通の、祖父母と孫が愛で結ばれてる家でないと、せっかくの名作のおれおれ詐欺もドタバタ喜劇みたいになってしまう。

やっぱり婆さんにしよう、と鉄太は考えた。婆さんのほうが孫を溺愛（できあい）していそうだからだ。やくざに殺されそう、というような話にも、女性のほうが過剰（かじょう）反応するような気がする。

鉄太はリストから、杉下徳子（すぎしたとくこ）、という婆さんを選んだ。八十四歳である。これもそう遠くないところに住んでいて、地図で確認してみると、バイクでなら二十分で行けそうだ。

そこに電話をかけた。

「はい、杉下でございます」

「お祖母ちゃん、おれだよ、おれ。おれだってば、わかるだろ。おれ」

「おれって……。もしかして」

「おれだってば。おれがわかんねえの」

「アッちゃんなのかい」

アッちゃんって、赤ん坊みたいだな。アツシって名前なんだろう、きっと。

「そうだよ。そのおれ」

「しかし、なんだってアッちゃんが電話なんかかけてくるんだい」

「おれ、困ってるんだよ。大変な目にあいそうなんだ。お祖母ちゃん、助けてよ」

「助けられるもんなら、お祖母ちゃん、アッちゃんのためにどんなことだってしてやりたいんだよ」

そうこなくちゃいけない。

「おれ、おっかないやくざにつかまってるんだよ。このまんまだと殺されちゃうかもしれないんだ」

今回はちょっと、状況をひどくして、話をわかりやすくしてみた。

「ひっ」

と言ったきり、電話のむこうの婆さんは絶句した。

「ねえ、お祖母ちゃん助けてよ。お祖母ちゃんしか頼れないんだから」

「できることがあるなら、何だってしてあげたいよ」

「お金がいるんだよ。八十万円ないと殺されるんだ」

「どうして……、どうして八十万円なんだい」

「おれ、やくざの高級外車に、バイクでぶつかっちゃったんだよ」

「バイクって、オートバイのことだね」

「そうだよ。そのバイクで、事故やっちゃったんだ」

「やっぱりオートバイなんだね。そのことをお祖母ちゃんに話してくれるんだね」

「そうだよ。こういう時頼りになるのはお祖母ちゃんだけだから」

「ありがとうねえ。そんなふうに言ってくれるんだね。お祖母ちゃんを頼ってくれるなんて……、嬉しいよ」

「お祖母ちゃんなら助けてくれると思ってんだよ」

「お祖母ちゃんに、そっちへ行ってほしいのかい」

来られても困るんだよ、と思った。やけに情の深い婆さんだな。

「お祖母ちゃんはここへ来なくていいよ。簡単に来られるところじゃないんだ」

「そうなんだねえ」

なんか、この婆さんの反応は変だな、と思う。少しボケてるんじゃないだろうか。

「おれがバイクをぶつけたのは、やくざの乗ってる高い車だったんだよ。だからやくざが怒っちゃってて、おれを殺すって言ってるんだよ。おれ、おそろしいんだ」

「かわいそうだよねえ。こわがらなくたっていいんだよ」

「こわいんだよ。で、やくざが、車の修理代を払ったら勘弁してやるって言ってるんだ。ちゃんと弁償しろってこと。そうしたら許してくれるんだって。だから助けてよ、お祖母ちゃん」

「お祖母ちゃんは、アッちゃんのために何もしてやれないんだよ」

「そんなことないでしょ。お金だよ。車の修理代、八十万円必要なんだ。だからその金を貸して。おれ、いつかきっとちゃんと返すからさ。だから今、おれを助けるために八十万円出してよ」

「オートバイでぶつかったんだよね。それがよほどこわかったんだね」

「ちょっと違うんだよ、お祖母ちゃん。バイクの事故はそうこわくねえの。ただ、ぶつかった相手がやくざの車で」

「アッちゃん。アッちゃん。お祖母ちゃんに何か言いたいことはないかい」

本当にこの婆さんはボケているんだ。ボケ老人に何かを説明しなきゃいけないなんて、大変なことになってしまった。

「あのねえ、話をちゃんときいてよ。バイクでぶつかった相手がやくざだったの。で、そのやくざが怒ってるから、八十万円出さなきゃいけねえの。そうしないと、おれは殺されちゃうの。わかってんの。おれが死んじゃうんだよ」

「ちゃんとわかってるよ」

「だから助けてほしいんだよ」

「そういうふうに思ってるんだね。その時、そんなこと考えてこわかったんだね」

「え?」

「でも、その車の人はやくざなんかじゃなかったよ。どこかの会社の社長をしているって人で、とてもいい人だったの。自分は悪くないのに、心のこもったお見舞いをして下さってねえ」

「お祖母ちゃん。それ、何の話をしてんの」

「だから、アッちゃんがバイクでぶつかった車の持ち主さんのことだよ。お葬式にも出て下さってね」

「誰の葬式の話してんの」

「アッちゃんの葬式に決まっているじゃないか。ねえ、アッちゃん。もうこわがらなくていいんだよ。あとのことはなんにも心配しなくていいの。アッちゃんが今いるところは、こわいことなんかひとつもない天国なんだからね」

鉄太は受話器を叩きつけるようにして電話を切った。

「くっそ婆ァ」

と、大声を出してしまう。

まぎらわしいことすんじゃねえよ、婆ァ。死んだ孫と話をするな。何のためらいも、不審もなく、アッちゃんかい、だもんなあ、まいるよ。

幽霊と話をしてるつもりの婆さんから、どうやって金を巻きあげられるんだよ。

そういう変な老人はおれおれ詐欺の電話に出ないでほしい。話がむちゃくちゃになってしまうじゃないか。

そんなふうに、しばらくは立ちあがる気力も失せた鉄太だった。

6

十分後に、気を取り直してまたリストを見て検討した。電話で幽霊と話をする婆さんはそんなにはいないはずだ、と考えたのだ。普通の婆さんは、孫を助けるためならためらわず金を出すんだ。

もう一度、比較的近くに住んでいる婆さんでトライしてみることにした。バイクで二十分で行けそうなところに、沢田（さわだ）フミ子という七十七歳の婆さんがいたのだ。

「お祖母ちゃん。おれだよ、おれ。おれ困っているんだ、助けてよ」

「ミツルくんなのかい」

今度はミツルか。なじみやすい名前じゃないか。

「そう、ミツルだよ。おれ、こわい目にあってるんだ。だから助けて」

「どうしたの。何があったの」

「バイクで車にぶつかっちゃったんだ」

「だ、大丈夫なの。怪我はひどいの」

「怪我はしてないんだ。停まってる車にひっかき傷をつけただけの事故だから。でも、相手が悪かったんだよ」

「どういうこと」

鉄太は、演技で泣きそうな声を出した。

「やくざの車だったんだ。高級外車でさ、おれ今、そいつらに捕まってとじ込められているんだよ。車の修理代を払えって言われてて、払わなきゃ何されるかわかんないんだ。もしかしたら、こ、殺されるかもしれない」

「ミツルくん、しっかりして。お祖母ちゃんに何をしてほしいの」

「車に傷をつけた弁償として、八十万円払えって言われてるんだ。そのお金を、今日貸してくれないかな。ちゃんと払ったら許してやるって言われてるんだよ」

「わかったよ。八十万円だね。お祖母ちゃんがなんとかしてあげる」

「手元に現金で八十万円あるの」

「郵便貯金をおろしてくるよ。近いから、十分あれば行ってこられるもの」

「だったら、そうして。八十万円払えば許してもらえるから」

「わかったよ。そうしてあげる」

「おれはお祖母ちゃんちへ取りに行けないんだよ。逃げるといけないと思われてるから。だから、おれに代ってここの人がそこへお金を取りに行くんだ。三十分ぐらいで行くって。車の修理代を取りに来た、と言う人に八十万円を渡して」

「わかったから心配ないよ。お祖母ちゃん、その通りにしてあげる」

この婆さんはまともだ。こういう反応を見せるのが普通だよな。

鉄太は思わずニヤリと笑った。

「そうすれば、おれ、殺されずにすむよ。お祖母ちゃん、ありがとう」

「ミツルくんのためだもん、お祖母ちゃん何だってするよ」

「じゃあ、すぐお金を用意して。八十万円だよ。おれ、ちゃんと助かったら、あとで連絡するから」

電話を切って、ついガッツ・ポーズをとる鉄太だった。うまくいったのだ。

これから金を受け取りに行かなきゃいけないが、おそらくそれもうまくいくだろう。

もう一度地図で相手の家の場所を確認し、サングラスと、白いマスクを革ジャンのポケットに入れ、鉄太はアパートを出た。

バイクで、沢田フミ子の住むところへ向かう。走りながら、頭の中で細かい点をチェックした。

うまくいかないはずはない、と思える。沢田の婆さんには、このことを嘘かもしれないと疑ってみる余裕はないはずだ。まず、大急ぎで郵便局へ行って金をおろさなければいけないから、そのことに夢中のはずである。

そして、金をおろしてきて、まだ心が落ちつかないうちに、おれがその家を訪ねる。誰か第三者に相談したりする暇はないだろう。孫のことが心配で心配で、時間なんかあっという間にたつ感じだろう。

車の修理代を、と言うだけで、すぐに金を出すはずだ。それ以上あれこれしゃべらないほうがいい。金を受け取ったらすぐにその家からは離れる。

それだけでいいのだ。それ以上のことをすれば、かえって思わぬボロが出るかもしれない。わしらはやくざの××組だ、なんて余計なことは言わないこと。

そして、金をもらったら二度とその婆さんに関わってはいけない。あとでもう一度電話をかけて、お祖母ちゃん、おれミツルだけど、おかげで助かったよ、なんて言うのは絶対にダメだ。人情としては、そういう電話をして安心させてやりたいところだが、犯罪者が人情を見せてどうするのだ。

ミツルに何事もない、ってことは、いずれわかることなんだ。それがわかったところで、金を騙し取られたんだってこともわかる。そして警察への通報ってことになる。

金さえ取れば、もう二度とその家の近くへも行かないでおこう。

鉄太は、バイクを二十分ほど走らせたところで、沢田フミ子の家がある町内に来ていた。地図を見た記憶をもとに、その家を捜していく。午後一時半頃だった。

ここかな、と思ってバイクを停めた。

生垣のある家で、石の門柱に、沢田、という表札がかかっていた。その柱には、住所の地番が書かれたプレートもついていて、その数字がまさに名簿リストにあった通りのものだった。

バイクを降りて、ヘルメットを脱いだ。サングラスとマスクをつけようと、革ジャンのポケットに手を入れた。

ところが、まさにその瞬間に、生垣の陰から人が出てきたのだ。

婆さんだった。こっちに顔を隠す暇を与えず、問題の婆さんがいきなり顔を見せたのだ。

やばい、と鉄太は思った。

この婆さん、気が気でなくてずっと門のところに出て待ってたのだ。いや違うかも。家の前でバイクの停まる音がしたので出てきたのかもしれない。

サングラスとマスクをつけてから、インターフォンを押そうというこっちの計画はいきなり崩れた。

どうするか。顔を見られた。

構うものか、と鉄太は考えた。

ほんの一瞬顔を見られたってだけで、そこからおれのことを突き止めるなんてできっこないんだ。おれはそれほど特徴的な顔をしているわけじゃない。

予定通り金を取ろうと決心した。

沢田フミ子っていうその婆さんのほうを見る。車の修理代を受け取りに来た使いの者だ、と言うのだ。

鉄太が口を開きかけた時、先にその婆さんのほうが驚いたような声を出した。

「なーんだ。鉄太くんじゃないの」

7

いきなりその婆さんの顔が、馴染（なじ）み深いものになった。

よく知ってる人なのだ。

「どうしたの。遊びに来てくれたの」

くそっ、と鉄太は思った。すべてがわかったのだ。

ミツルくんというのは、あの、野口充（のぐちみつる）じゃんか。高校まで学校が同じで、幼な馴染みとして育った近所の充。二年前に引っ越していった充。だから馴染める名前だな、と思ったのだ。

そして、充の祖母ちゃんのことはよく知っていた。充の家へ行って、祖母ちゃんの作ったケーキをご馳走（ちそう）になったりしてるのだ。

確かにそうだった、と鉄太は思い出す。

充の家には、野口という表札と、沢田っていう表札がかかっていたのだ。

充の祖母ちゃんの名前なんか知らなかった。でも今は知ってる。沢田フミ子というんだ。それで多分、充の母が、この婆さんの娘なんだ。だから姓が違う。

「こんにちは」

と鉄太は言った。どう考えてもそう言うしかないからだ。

「大人っぽくなったわねえ。二年ぶりだものねえ」

「そりゃあ大人ですよ」

と言いながら、必死で考えた。どう言うのがいちばん変ではないのかを。

もう、車の修理代をくれとは言えないのだ。そう言えば、この場は、へえ今はそんな関係にいるの、ということで金をくれるかもしれないが、あとでそれが詐欺だとわかった時に、誰が犯人なのかくっきりとわかるのだ。

「お祖母ちゃん、今は充たちとはいっしょに暮らしてないんでしょう」

「そうなの。充の上の加奈子がさ、二人も子供をつれて、離婚して戻ってきたからさ、家が手狭になったのよ。だから、近いとこだけど、私はここに隠居所みたいな家を借りることになってさ」

「おれ、久しぶりに充に会いたくなったんだけど、お袋が知ってたのは、お祖母ちゃんちの住所だけだったんだ。だから、ここで充の住所とか、携帯の番号とか教えてもらおうと思ってさ」

「そうだったの。よく来てくれたわねえ」

と言ってから、婆さんはふいに我に返ったようにこう言った。

「でもね、今、充くんが大変なことになっちゃってるのよ。それでもう、気が気でなくってさ」

「何かあったの」

と、きくしかない。

「うん。大変なのよ。ここじゃ何だから入ってちょうだい」

鉄太はもう覚悟を決めていた。よく知ってる人に顔を見られて、話までしたのだ。

もう金を取ることはあきらめるしかない。

婆さんは家の中へ鉄太を招き入れてから、事情を話した。鉄太のよーく知っている事情だ。

全部きいてから、鉄太はこう言った。

「ねえ。その電話の声って、本当に充の声だったの」

「そうだと思うよ。お祖母ちゃん、充だよ、って言ったんだもの」

「本当に、充だって言ったの。もしかしたら、おれだよ、おれだよ、って言っただけじゃないの」

「そう言えば、そうだったかな。そんな気もするけど」

「もしかしたらそれ、この頃ニュースでよくきくおれおれ詐欺じゃないかなあ」

その詐欺はどんな手口か、というのを説明する。

「いやだ。まるっきりそれと同じような話だわよ」

「使いの人に八十万円渡せって言ったんだね」

「そうなの。だから待ってるのよ」

「それ、絶対におれおれ詐欺だよ。電話があって、すぐに八十万円払えだなんて、その手口だもん」

「どうすりゃいいの」

「お祖母ちゃん、充の携帯の番号を知ってるんでしょう。そこに電話すりゃいいじゃん」

で、そういうことになったのだ。婆さんは動転して、こっちから充に連絡を取るっていうのをまったく思いつかなかったのだそうだ。

その電話をかけてみて、充の身に何もないってことが確認できた。むこうが、なんだお祖母ちゃんか、どうしたの、という調子だったのだ。バイクの事故なんかおこしてないよ、と。

「やっぱり、詐欺だったんだね」

「とりあえず、充には何もなかったんだから安心だね」

「でも、もうじきここへ、犯人がお金を取りに来るんだよ。どうすればいいの。おそろしいわよ。警察に届けようか」

鉄太はヒヤ汗をかく。

「それよりも、おれが出てあげるよ。おれが出て、こう言うんだ。おれが充だけど、あんた誰、って」

「そうするとどうなるの」

「ここに充がいるってことは、嘘がバレたってことだよ。犯人はあわてて逃げると思う」

　ということになって、鉄太はそれから一時間ばかりその家で待った。いくら待っても誰も訪ねてこない。当たり前だ。

「来ないね。三十分ぐらいで来るって言ったのに、もう一時間半ぐらいたつよ」

「うん。来ないみたいだね。きっと、嘘がバレたってことに気がついたんだよ。用心深い奴らだから、バレたな、と思うと金のほうはあきらめるんだろうと思う」

「どうしてバレたと思ったのかしら」

　いちいち話を作らなきゃいけなくて大変だった。

「どうしてだろう。えーと、うん、こういうことかもしれない」

「どういうこと」

「そいつはこの家の前まで来たんだよ、きっと。ところが、家の前におれのバイクが停まってるじゃない。どう考えてもお祖母ちゃんが乗る物じゃないよね。つまり、誰か来てるってことで、家族で相談してるかもしれないわけさ。この詐欺は、お年寄りが一人でおろおろとお金を出しちゃうようにしないと、うまくいかないんだ。みんなで相談すると、どうもおかしいぞ、ということになるんだから。それに、もしかしたらバイクでここへ来たのは孫の充だという可能性もあるじゃない。だから、犯人はお金をあきらめて帰ったんだよ。もう一時間半もたつんだもの、そう考えなきゃ説明がつかないよ」

「ということは、この詐欺はもう終っちゃったということかね」

「そういうことだね。むこうは犯行をあきらめたんだ。手当たり次第にお年寄りに電話をかけるっていうやり方だから、バレたな、と思ったらそこを狙うのはあっさり中止するんだと思う」

「もう、こわがらなくてもいいの」

「うん。大丈夫だと思うよ」

婆さんは安心して、ぐったりしてしまう。もう終ったんだから、と力づける。

「鉄太くんのおかげだよね。ちょうどいいところへ鉄太くんが来てくれたせいで、騙されずにすんだんだよね」

よかったね、と言って鉄太は笑顔を見せた。

三時までその家にいて、もう絶対に来ないよ、ということで、帰ることにした。

「警察に届けるかどうかは、お祖母ちゃんの考えで決めて下さい。ただし、すごく面倒な取り調べを受けなきゃいけないだろうけど」

「調べられたって、私は犯人の顔も何も知らないよねえ」

「そうだね。それに、お金を取られたわけでもないし」

「何もなかったんだから、届けるのはやめてもいいよね」

「それでいいと思います」

鉄太はホッとして、その家から帰ろうとした。すると沢田フミ子は、鉄太の手の中に一万円札を握らせて、こう言うのだった。

「本当に助かったわ。これ、少ないんだけど、私のお礼の気持なの。何かおいしいものでも食べてちょうだい」

「いいですよ」

「よくないのよ。少なくて恥かしいけれど、取って。八十万円取られるところだったんだもの。お礼がしたいの」

それで鉄太は、その一万円札をもらってその家をあとにした。

おれおれ詐欺も、疲れるばっかりで大して金にならないんだなあと、つくづく思った。

大活躍をして、やっと一万円稼げただけなのであった。

東隆文の強盗　10,400,000

1

東隆文（あずまたかふみ）はセックスが上手（うま）い。別に、特別なテクニックを修練したわけではないのだが、するってことは相手を喜ばすことだと思っているので、基礎能力の高さに努力が加味されるのだ。つまり隆文は、セックスもある種の人づきあいだと思っているのだ。

隆文は、多少なりとも知っている女性に会えば、ごく自然に、「今日のファッションは決まってるね」というようなことが言える男である。下心はなくたって、そう言っておけば相手も悪い気はせず、関係がスムーズになるというものだ。

人間関係のジャングルジムの中で、すいすいと自在に動けるというのが世渡りというもので、それができるのが大人ってものだと隆文は思っていた。そして、自分は大人だと自負していた。まだ二十八歳という年齢なのだが。

お前の若さで、そこまで如才ないってのは驚くほどのもんだが、場合によってはうさん臭い人間に見えるから、それは注意しろよ。

隆文の勤める、宣伝・販促活動を請負うロワールという小さな会社の、袋田友明という社長がそんなことを言うぐらいであった。袋田は隆文より十歳年上なだけで、五年前に脱サラして起業した時に、それまで部下だった隆文を誘ってくれたのだ。二人の関係は社長と社員と言うよりは、兄貴分と弟分のようなものだった。

麻布にあるフレンチ・レストランで隆文は、女と食事をしている。信用金庫に勤めている岡本里美がその日の相手だった。

「高級そうな店よね」

里美は首をすくめるようにしてそう言ったが、もちろん、高級レストランに昂揚している感じもある。

「それほどでもないけど、喜んでもらえたんなら嬉しいな。ここんとこ、ちょっとピンチ続きで、何回かご馳走になったりしてたじゃない。それが、ようやくちょっと余裕が出てさ、今日はちゃんとサービスしようと思ってるの」

　里美は、隆文の生活にゆとりが出たことを喜んでくれ、何か特別のボーナスでも出たの、ときいた。

「いや、おれがちょっと本気で仕事すりゃ、百や二百の金はどうにでもなるのさ」

　隆文はそんなことを言い、どうやって金を手に入れたかの詳しい説明はしなかった。

　食事のあとは、タクシーで移動して青山のしゃれたバーで一杯だけモルト・ウイスキーを飲む。そんなに酒に強いほうではないのだが、スコットランド産のモルトを揃えているバーで、スキャパなんて酒を通ぶって注文するのが隆文だった。できる男に見えるかどうかに、命をかけているようなところが彼にはあるのだ。

　くつろげるブティックホテルへでも行くかと里美にきいてみると、あなたの部屋でいいわよ、という答だった。

「今夜は泊れるの。明日は仕事があるから朝早く帰るけど」

　その日は木曜日だった。タクシーで代々木上原のワンルーム・マンションに帰り、隆文は時間をかけて丁寧に里美を抱いた。

　そのあと、けだるい疲れの中でバーで出た話の続きをした。

「ああいうところは、週に一回とか、決まった日時に金の輸送をしているんだと思ってたな」

寝そべってタバコをふかす里美は答えた。

「普通はそうなの。月に二回だけど。でも、今度みたいな特別の時は、大騒ぎで各支店からお金を集めて、臨時に運び込まなきゃいけないのよ」

来週の月曜日に、四千万円もの金を融資しなきゃいけなくて、その準備で勤める信用金庫がバタバタしているんだ、という話だ。それだけの金は一支店には用意してなくて、いろんな支店からかき集めるのだそうだ。

そういう現金輸送はどのようにやるものか、というのを隆文はきいた。どんな車を使うのか、警備会社の人間が立ちあったりするのか、などのことだ。定期的な輸送と、臨時の場合とではやり方も違う、ということがわかった。

隆文は金の話にはついききき耳を立ててしまう。この世の中を、金がどう動いているか、ということに敏感なのだ。金はころがっていくだけでふくれあがり、うまくころがしたものに利をもたらす、というのが彼の金銭哲学だった。そのことにうまくくい込むのが才覚ってものだと思っているのだ。

翌朝、里美が帰ったあと、自分用にコーヒーをいれて飲む。それを飲みながら携帯電話をチェックした。フラワー・アレンジメントの講師をしている愛内由麻という女からのメールが届いていたので、来週あたり会いたいね、という内容のメールを作って返信した。

由麻とは、ハウス・リネンの会社の展示会を手伝う仕事をした時に、展示会場に花をディスプレイしてもらって知りあった。知りあった翌月には男女の関係になっていた。そういうつきあいの女性が隆文には何人かいる。

由麻に隆文は六万円ほど借りていた。一度に一万円とか、二万円とかずつ借りたものがそれだけたまったのだ。

今度会ったら、一度借金を返しておこうか、と隆文は考えた。今なら、その金が返せる。一度は返したほうが、次にまた自然に借金ができてそのほうがうまいやり方だ、ということもある。

考えてみて、会った時に由麻がほんのちょっとでも貸した金のことをほのめかしたら、あ、そうだ、と言って返すことにした。返せるのだとしても、むこうが催促しない借金を返すというのはバカの行動だと思ったのだ。

催促されない借りた金というのは、もらったのと同じ、と隆文は考えるのだ。

隆文はテーブルの上に車のパンフレットを何種類も置き、順に見ていった。車を買おうかな、と思っているのだ。以前には4WD車を持っていたのだが、それはローンがこげついて販売店に返してしまった。今ならまたローンが組めるから、新車を買おうかなと思っているのだ。そう考えて、パンフレットで調べていくのは気分のいいものである。

コーヒーを飲み終えて、ネクタイをしめる。隆文のスーツはデザイナーズ・ブランドのものである。

歩いて北青山にある会社まで通う隆文は、少し早めにマンションを出た。このところ隆文は万事にツイていて、絶好調だった。

2

午後、会社に刑事がきて、社長の袋田からいろいろ話をきいた。刑事が来るのはこれでもう四度目で、一度目と二度目には隆文たち社員も刑事に細かいことをきかれた。オフィスの鍵は持っているのかとか、普通は何時に出社し、何時に退社するのかとか、あなたの持ち物で盗(と)られたものはないのか、などのことだ。

二週間ばかり前に、株式会社ロワールはピッキング窃盗団(せっとうだん)に入られ、事務所荒らしの被害を受けたのだ。賊(ぞく)が入ったのは日曜日のことらしく、月曜日、いちばんに出社した隆文が事件の第一発見者だった。ロッカーの隣にある金庫が力ずくでこじあけられていた。ロッカーの扉がすべて開いていて、中にあったものがあたりに散乱していた。社員たちの机の抽出も開けられ、中をひっかきまわした様子だった。

だが、いちばんの被害は、社長の机の抽出から、手さげ金庫が持ち去られていたことだった。その中に袋田は、税金対策用の隠し金を入れていたのだ。

思いがけない光景に、呆然と立ちつくしているところへ、同僚の塚原道子が出社して、やっと隆文は警察に通報した。

その日は、警察官がオフィス内の指紋をとったり、社員全員が一人ずつ話をきかれたりで、仕事にならなかった。手口から見て、最近このあたりの事務所をいくつも荒らしているピッキング窃盗団の犯行の可能性が高い、ということを警察は言ったが、それがわかったってどうなるものでもなかった。

袋田は、手さげ金庫が盗まれていることを警察に話した。本来それは、脱税をもくろんで隠し金を入れていたものだったが、こうなってしまったからには脱税の腹づもりはなかったことにするわけだ。近く、激安ショップをオープンする計画を立てているので、現金仕入れ用の金を入れていた金庫で、中には六百万円以上入っていた、という説明をしていた。

そのせいで、被害総額七百万円ばかり、という大きな事件になっていた。

今日来た刑事は、袋田に、この一カ月ばかりでこのオフィスに来た客を、思い出す限り教えてくれ、という捜査をしている。ピザの配達人まで思い出して並べろ、というのだから大変だ。一日中オフィスにいることが多い塚原道子が呼ばれて、リストアップに協力していた。

今のところ隆文には声がかからないので、自分の机で電話をかけることにした。私用の電話だが、もちろん会社の電話器を使う。

先方が出て、きき覚えのある声で名のった。新潟市に住んでいる姉の喜世江だ。

「おれ、隆文だけど」

「どうしたの」

「あのさ、来月の、お袋の還暦の祝いのことだけど、おれ出られないんだよ」

「どうしてね。あんたがいなきゃお母さんが寂しがるのに」

「ほら。この前話しただろ。会社に泥棒が入ったこと」

「うん。驚いたよね。こっちの新聞には出なかったけど、あんたが東京の新聞のコピーを送ってくれて、本当のことなんだってびっくりしたわよ。東京はやっぱりおそろしいとこなんだね」

「東京のせいで泥棒が入ったわけじゃねえよ」

「そういうもんなの。とにかく、何があってもお母さんのお祝いには来なくちゃ」

　隆文は四人兄弟の二番目で、上は姉だから長男である。その四人はまだ幼い時に父親を亡くしていた。水商売をする母親の手で育てられたのである。

「そうしたいけど、できないんだよ。こないだはさ、泥棒が入ったとわかったその日の夜に電話したからまだわかってなかったんだ。あの次の日に気がついたんだけど、おれもやられてたんだよ。泥棒の被害にあったの」

　隆文の声は、応接ブースの中にいる社長や刑事にはきこえていない。

「あんたも何か盗られたの」

「会社の机の抽出に、金を入れた封筒を入れてたんだ。カメラを買う予定で、七万円用意してたんだよ。その封筒がなくなってた」

「警察に言ったの」

「もちろんだよ。だけど、会社が盗られたのが大金だから、おれの被害はあんまり重視してもらえないよ。そういうわけで、お祝いの金の一万円も出すのが苦しいんだ」

　四人の子供と、母の妹たちで、どこかのレストランで食事会をし、みんなで少しずつ出しあって祝いの品を贈ろうというのだ。その会費が一万円だった。

　喜世江は大きなため息をついてから、言った。

「わかったわ。あんたの会費はいいことにしたげる。みんなで二千円ずつくらい出すことにするわ。それしかないもんね。お母さんも、あんたがいなかったら寂しいだろうし」

「ありがたいけど、新幹線のキップ代もないしさ」

「こんな場合だもの、なんとかするしかないねえ。三万円ばかり送ってあげるから、それ使って。余裕のある時に返してくれりゃいいから」

「悪いなあ」

「仕方がないじゃない。とりあえず、みんなでお母さんの還暦をお祝いしましょうよ」

「うん。ありがとう。なるべく早く返すようにするよ」

あと、日時の確認などをしてから、隆文は電話を切った。

事務所荒らしに、七万円入りの封筒を盗られたというのは嘘(うそ)である。今度新潟に帰らなきゃいけなくて、金がかかるなあ、と考えているうちにふと思いついたプランだった。

電話を一本かけるだけで、四万円ばかり得したことになる。そういうのが才覚ってものだ、というのが隆文の考え方だった。人生はそういうチャンスでいっぱいなのだ。

そのチャンスをものにしていくのが、知恵というものだった。

　ニヤニヤ笑っていると、刑事の一人が寄ってきて声をかけた。

「東さん。申し訳ありませんが、もう一回事件を発見した時の状況を話してもらえませんか」

　もう二回もその話はしたじゃないか、と思ったが、いやな顔をせずにうなずく。

「はい。何から話せばいいですか」

　その日、会社に着いたのは何時でしたか。その時、ドアには鍵がかかっていなかったのですね。中の様子はどうでしたか。警察に通報するまでに何かしましたか。

　そんなことを、あらためてきかれた。思い出しながら、できるだけ正確に説明していった。

「犯人は何人かのグループですよね」

　と隆文はきいてみた。

「靴の跡から、三人いたんじゃないかと考えているんですよ」

　と刑事は教えてくれた。

「うちみたいな会社を、どうして狙ったのかなあ」

「プロの集団ですからね。社長の机の抽出に現金が入っているというのを、何らかのいきさつで知って、それで狙ったのかもしれません」

まだ警察も、犯人グループを割り出してはいないようだった。

3

その日、仕事を終えてから、会社の近くのオムレツ・レストランへ行き食事をとった。花の金曜日だというのに、珍しく誰とも約束がなかったのだ。

食事をすまして、今日はそのままマンションに帰ることにした。一人でじっくりと考えたいことがあったのだ。

七時頃に、マンションに帰り着く。もう陽が沈んで暗くなっていた。

暗証番号をボタンで押して、オートロックを解除していたところで、いきなり二人の男に左右から囲まれた。乱暴に腕を摑(つか)まれて、只事ではないのを感じ取り、顔から血の気が引いた。

「何をするんだ」

と言ったのに対する返事は、脇腹に何か硬い棒のようなものを突きつけられることだった。見ると、それは黒い鉄の筒で、まがまがしい質感を持ったピストルだとわかった。

「騒いだら殺す」

と右の奴が言った。全身のうぶ毛がそそけ立ち、本能的に身をよじって逃げたいと思った。だが、左の奴が隆文の腕を背中にねじりあげてきて、その苦痛にしゃがみ込みそうになった。

「来い」

と言われ、絶望的に周囲を見まわした。誰かいたら、助けを求めようとしたのだ。通りがかりの人間に、警察を呼んで下さい、とわめきちらしたら、この二人の男だってひるむのではないかと思った。

だが、近くには誰もいなかった。街中で、まだ七時頃だというのに、この荒っぽい拉致を目撃する者がいないのだ。

二人の男に両側から持ちあげられるように進み、駐めてあった車に乗せられた。脇腹のピストルのせいで、大声は出せなかった。

車の後部シートにすわらされ、そこで、ピストルを持ってないほうの男に手錠をかけられた。ＳＭのプレイ用品として誰にだって手錠が手に入れられる時代なのがいけない。

「変なマネをしたら本当に殺すぜ」

とピストルの男が言い、そのピストルを相棒に渡すと、運転席へ行った。ピストルを隆文に突きつける役を引きついだ相棒のほうは、まだ一言も声を発してない。どうやら日本人ではなさそうだ、と隆文は思った。中国人のような気がした。

ビリッ、と何かが破れる音がしたと思ったら、両眼に目かくしをされた。布のガムテープを両眼の上からはったのだ。異様な姿になっているはずだが、車のウィンドーは外から中が見えないタイプのものだった。

車が走りだす。隆文は、恐怖で喉がカラカラに渇いていたが、ジタバタするのはやめた。目かくしされた上にピストルを突きつけられていて、できることなどなかったからだ。それに、こいつらの目的は自分をどこかへつれていくことらしいと思えた。まずは、そこへつれていかれなければ事情がわからないのだ。

ドライブは三十分ぐらいのものだった。目をふさがれていて、二、三度コーナーを曲がられたらもうどの方面に向かっているのかわからなくなる。運転中は二人の男はしゃべらなかった。

車がどこかに着いて停まった。周囲に物音が少ないのと、運転席の男がドアを開ける音が妙にエコーしてきこえたのから想像するに、ビルの地下駐車場かもしれない。

目かくしのまま、車の外に引っぱり出された。脇腹に押しつけられている硬い棒状のものの感触は、その間もなくならない。

「歩け」

と言われて、よろよろと歩いた。エレベーターに乗った気配があり、それが上昇する。やはり、地下駐車場だったのだろう。

エレベーターを降りて、廊下らしきところを歩かされる。やがて、ドアを開けて、一室に入る。硬い椅子にすわらされ、両手首にかけられていた手錠の一方が外され、それは椅子の背の横木の後ろを通ってから、また手首にはめられた。

それから、目かくしのガムテープが乱暴に引きはがされた。眉毛が半分は抜けたんじゃないかと思うほど痛かった。

そう大きくない、オフィス風の部屋だった。オフィスではあるが、最近倒産して事務家具のほとんどが引き払われたところ、という感じだ。机がひとつと、椅子が数脚だけ残っていた。その机を前にして、隆文は手錠で椅子に固定されてすわっていた。

部屋の中は天井の蛍光灯（けいこうとう）で照らされていて、その光が目かくしをされていた隆文にはまぶしく、しばらくは何も見きわめられなかった。

ただ、机のむこうに男が三人いるというのだけわかった。隆文をここへつれてきた二人と、ここで待っていた一人だろう。

目をしばたたいて、光に慣れさせようとした。黒いシルエットのようだった正面の男の顔が、次第に陰影を持ち始めた。

ようやく見きわめられた男の顔は、隆文の知っているものだった。

「ジョージさん……」

行きつけのバーで、よく会う中国人だった。中国人なのになぜジョージという名なのかは知らない。どんな職業なのかもわからないまま、酒の席では肩を組んで歌ったりするような仲だった。

「東さん、ちょっと久しぶりね」

とジョージは言った。机のむこうに、薄い笑いを顔に浮かべて立っている。

「ジョージさん、これ、あんたがやらせたの。どうしたのよ、シャレになってないよ」

「これ、シャレと違うよ」

ジョージは冷たい声で言った。

「ボク、怒っている。東さんがボクをひっかけたから。だから友だちとしてここへ招待したんじゃない。友だちを裏切ったり、利用したりするとどんなことになるのか、教えてあげるために呼んだのよ」

「何を言ってるのかわからないよ、ジョージさん。何か誤解があるんじゃないの」

「誤解じゃなくて、ようやく本当のことがわかったの。東さんがボクをひっかけたことに気がついたのね。だから、しかえしをしなきゃいけない。東さん、死んでもらおうと思うのね」

　ジョージは残忍な顔でそう言った。

4

「東さんが、ボクの仕事に気がついたのはいつのことなんだろうね。いつだったか、ピッキングでロックを外すやり方、教えたのがいけなかったのかもしれないね。東さん、頭が悪くないから、あの頃からホントのことに気がついてたのかも」

「ジョージさん。おれ、何の話なのかさっぱりわからないよ。なんか勘違いがあるんだと思う」

「東さん、バーで飲みながら、世間話のような調子で、会社の社長さんの隠し金のことを言ったね。かなりの金額を、現金でためて、デスクの抽出の中の金庫に入れているんだって。欲の深い社長のうわさ話みたいで、とても自然な会話だった。東さん、ヒトを騙すのうまいね」

「おれが誰を騙すのよ。何の話をしてんの」

「最後にバーで会った時、東さんは言ったよね。社長が秘密の銀行口座を作ってるみたいで、来週の月曜日になったら、あの現金をそこへ入金するつもりなのかもしれないって。別の話をしていて、ホントにさりげなく、一回言っただけだったよ。とてもうまいね。ああ言って、日曜日にやれ、と伝えたんだね。ボクのことをよく知ってるから」

隆文は黙って首を横に振った。そして、頭の中では思考をフル回転させていた。

「日曜日の夜、やったよ。東さんの勤めている会社へ、ピッキングして入って、金めのものをあさった。もちろん、社長の机の抽出から、手さげ金庫を出して、もらってきた。でも、開けてみたらその中に現金は入っていなかったね」

「現金が入ってるはずだよ」

「違うよ。中には書類しか入ってなかった。それで、しばらくはその理由がわからなかったよ。社長さんが、一足先に金を秘密の口座に入れてしまったのかと考えてたもの。タッチの差で、間にあわなかったのかと」

「そうだったんだ」

「お芝居はしなくていいよ。だんだん考えているうちにわかってきたんだから。東さんはボクにさりげなく、金があるということと、やるなら日曜日だということを伝えたのね。それがひっかけだなんて思えないくらいに、単なるうわさ話をしちゃった感じだったよ。頭がまわるね」

「ジョージさん……」

「だけど、ボクがやる前に、東さんがそれをやっていたんだね。そのことに気がつくのに五日もかかったよ。東さんは、ボクより一足先に、あの金庫から金を盗んだのよね。そして、空っぽの金庫をボクに盗ませた。おりこうだよね。ボク、警察に、あの金庫は空っぽだったですと、言えないよ。警察は、金庫ごと金を盗んだのは、ピッキング窃盗団だと考えて、それより前に金だけ盗んだ人間がいるとは考えない。やばいのはボクだけで、東さんのことは誰も疑わないよ。それ、許せないね。ボクをコケにした人間は、その罰を受けなきゃいけないのよ」

「違うって、ジョージさん。おれは何も知らないよ。社長が金をどこか別のところに隠したんだよ、きっと」

「考えてるうちに、だんだんわかってきたのよ。あの会社に金があるというのは、東さんが言ってただけなんだってね。ボクの仕事はもちろん話したことないけど、遊びでピッキングのやり方教えたから、東さんは知ってたのね。それで、やれってそそのかした」

「おれ、何も知らなかった」

「調べたの。東さん、あの事件のあと、たまってたマンションの家賃を払っているね。それから、ローンのお金も払い込んだ。何人かに借金を返してる。あのあと、急に金まわりがよくなってるのね」

隆文はガックリとうなだれた。もう、言うべき言葉がなかった。

「東さんがやったのは間違いないね。おりこうなやり方だったけど、プロのボクたちを相手にそれをやるのは、命知らずなの。そんなことされて、黙っているわけにはいかないからね。その金を返すと言われても、それで許すことできないよ」

「思ったより少なかったんだ。たった七十万円ぐらい入ってただけで、いろんな借金を返したらなくなっちゃったよ。でも、返す。どっかで借金して、七十万円返すから見逃してください」

「そうはいかないね。ボクたちをひっかけたっていうことが、問題なの。ボク、東さんのことは面白い男だと思ってるけど、これを見逃しては仲間にもメンツが立たないからね」

　ジョージはそう言って、左右に立つ仲間を見た。一人は中国人で、日本語が話せないのか、これまで一語も発していない。もう一人は三十五歳くらいの日本人で、隆文にピストルを突きつけた男だ。警察はあのピッキングによる窃盗を三人組の犯行のようだと言っていた。この三人が、近頃、このあたりでピッキングによる事務所荒らしを働いている窃盗団なのだろう。

「でも、殺人まですることはないでしょう。窃盗よりずっと重罪になっちゃう」

「ボクをコケにした人間は、殺すしかないのよ。ドラム缶に、コンクリート詰めにしてあげる。それだと、すぐに窒息して死ぬからそう苦しくないよ。それで、固まったら東京湾に沈めてあげる」

「殺すのはやめて下さい。あやまります。ジョージさんのために、何でもするから許して下さい」

　隆文は必死でそう言った。

「もう、どうしようもないよ。ボクを騙そうとしたのがバカだったの。ちょっとのお金のために、おそろしいことに手を出したのが間違いね」

　隆文は勝負に出るしかないと決心した。こんなことで、殺されてたまるか、と考えたのだ。頭の中で、助かるためのプランがめまぐるしく組み立てられた。

「だったら大金を返します。おれが盗った七十万円なんか目じゃないような、すげえ大金が手に入るんです。その情報を教える。だから、一回だけ、おれの持ってる情報で、組んで仕事しましょう。前のことは見逃してくれてもいいくらいの大仕事です」

「何か嘘を言うつもりね」

「嘘じゃないって。命がかかってるのに嘘言うはずがない。大金が動いて、それが盗めそうなんだよ。金額は、四千万円だ」

ジョージの目つきがふっと真剣なものになった。

5

隆文はなるべく落ちついた声を出そうとした。営業先の部課長を相手に、セールス・トークをする時の調子でやるのだ。それならおれは、いつもうまくこなしてきている。

「ある信用金庫が、週明けの月曜日に四千万円という大口の融資をすることになって、今、金を集めているんだ。もちろん、そんなことを知ってる人間は、信用金庫の関係者の数人だけだよ」

「東さんがなぜそれを知っているのか」

「その信用金庫に勤めてる女の子と、つきあっているからだ。なんでもない寝物語って感じに、あれこれきき出したのさ。よくある会社のうわさ話って感じだから、その女性は何とも思っちゃいない。おれにそんな話をしたこともう忘れているかもしれないぐらいさ」

ジョージは自分用に椅子を持ってきて、隆文の正面にすわった。

「東さんは、そういう情報集めがうまいことは認めるよ」

「通常なら、信用金庫への現金輸送は、月に二回、それ専用の車を使って行われる。バンで、ジュラルミンの現金鞄(かばん)と、車内の鉄パイプとが、鎖で結びつけてあるそうだ。鎖が南京錠でとめてあって、その鍵は三人乗ってる社員のうちでいちばん偉いのが持ってる」

「用心深いね」

「ところが、今度の臨時の輸送には、その専用車は使われない。その車は月曜日には他県の支店へまわるローテーションだから土曜日にそっちへ運ばれてるんだ。今回の輸送には、支店長の自家用車が使われる。だから鎖でつなぐってのはなしなんだ」

「それ確実な話なの」

「間違いないよ。おまけに、いつもは三人で運ぶのに、その時は二人だってのもわかっている。いつもの営業時間中の輸送じゃないんで、狙われるはずがないと油断しているんだ。そんな臨時の現金輸送があるなんて、誰にも知られてないことだと思っているから」

「警備員はつけないの」

「車には乗ってない。ただし、目的の支店には二人の警備会社の人間が待っていることになってる。車から支店の中に運ぶ時がいちばん不用心だから」

「警備員がいるのは厄介ね」

「そのことはあとで考えよう。その前に、こっちにとって好都合なことを言っとく。その四千万円の現金は、その信用金庫のいくつかの支店からかき集めたものなんだ。信用金庫が、ひとに融資する金を銀行からおろすはずはないんだから。だからその金は、おそらく新札の束ではなくて、使い古しの札の束になっていると思う。つまり、番号続きじゃないから、札番号は控えてないってことだよ」

「話がうますぎるぜ」

と、ジョージの手下の日本人のほうが言った。

「うまい話を知ったからこそ、ここんとこずっとそのことを考えていたんだよ。だけど、ジョージさんたちならともかく、おれ一人では手も足も出ないなってあきらめかけていたんだ。おれが知ってるのは、どの信用金庫のどの支店へ、いつその金が運ばれてくるかっていうことだけだ。それを知っていたって、警備員も立ちあってるものを、奪えるわけがないんだよね、一人じゃあ。おれはまともなサラリーマンで、ピストルとかを持ってるわけでもないんだし」

「東さんは、まともなサラリーマンじゃないと思うよ」

「いや、何もできない一般人だよ。舌先三寸で支払いの金をごまかしたりするような小さなペテンは要領よくやるけど、本当の犯罪はできない。それができるのはジョージさんたちプロだよ」

「一般人にしては、やばい話をしてるね」

「殺されたくないからさ。殺されるよりは、ジョージさんにいい情報を教えて前のことは許してもらって、仕事の手伝いもする、一人じゃ何もできないけど、四人いればうまくやれると思うから」

「プランがあるのかな」

ある、と隆文はうなずいた。

そのことを、きのうからずっと考えていたのだ。そして、考えてもどうにもならないな、という結論に達していた。あるところへ臨時に大金が運び込まれるという情報を持っていても、それを襲うというのはできることじゃないのだ。小さなインチキは平気でやる男だが、隆文も強盗をしようとまでは思っていない。ピストルを手に入れたり、目出し帽をかぶって現金輸送車を襲うなんてのは、人生を投げ捨てるような愚行だ。

だが、窃盗グループのジョージたちに、やらせてみるのは悪い手ではなかった。それをうまくやらせて、前の件を勘弁してもらうのだ。

「まずおれが、警備会社の人間を現場へ行かせないようにする」

こういう説明を隆文はした。

支店に現金が運び込まれるのは、日曜日の午後七時半である。その場に立ちあう警備員は、七時十五分くらいにそこへ来るだろう。

道はひとつしかないから、警備会社の車がその頃に、近くの三叉路にさしかかるのは間違いない。そこで、隆文は両手で車を制して停車させる。そして、車の中の者にこう言うのだ。

「信用金庫の者です。現金輸送車が、日本橋支店を出てすぐのところでピストルを持った男たちに奪われたという連絡が入りました。すぐそっちへ回って下さい」

　現金輸送のことはごく少数の人間しか知っていないのだから、その言葉が疑われることはないはずである。警備員はそっちに向かうだろう。だから、現金輸送車が来た時、その場には警備員はいない。

「それなら、ジョージさんたち三人でできると思うんだけど。ピストルもあるんだし、何かで顔を隠して、現金鞄だけ奪えばいいんだ。近くに停めておいた車でとっとと逃げるだけだよ」

「車は盗難車にしないといけないね。それですぐにどこかで乗り継ぐ」

「ああそうか。ナンバーから足がつくんだ。そういうことまでは気がまわらなかったな」

　わざと素人っぽく隆文は言った。

「警備員を騙して追い払う役を、こいつにやらせていいのかな」

　と、ジョージの手下の日本人が言った。

「そうするしかないよ。あんたたち三人の中に、信用金庫の社員に見える人はいないんだから。おれなら本当にサラリーマンだもん、怪しまれることがない」

「いや、それはちょっと危険かも」

とジョージが言った。

6

「ボクたち三人は、顔を隠して仕事する。ありふれた、目出し帽を使うのがいいだろうね。でも、東さんだけ、警備会社の人間に顔を見られるね。顔を見られれば、モンタージュ写真とか、似顔絵が公表されて、逮捕される危険性があるよ。一人捕まれば、あとは芋づる式ということになるね」

「確かに、その危険性はあるんだよ。でも、おれにはうまくやる自信があるんだ。ジョージさん、おれが物真似とかうまいのは知ってるよね」

酒の場で、手品や物真似をしては笑いを取っているのが隆文だった。それで食っていけるんじゃないか、という気がするほど器用な男なのだ。

「こういうの、どう?」

と言うと、いきなり隆文は言った。

「たいへんです。げんきんゆそーしゃが、おそわれました」

それが、ものの見事に、北関東の人間の、無アクセントの発音だった。つまり、立松和平であり、マギー司郎であり、つぶやきシローなどもそうなのだが、北関東出身者の、どうしても取れない言葉のなまりである。どこにもアクセントを置かず、すべてを平板につるつるとしゃべるのだ。

「このしゃべりから、おれに結びつけるのはむずかしいと思うな。そしてもちろん、顔の印象も変える。髪をポマードで固めて七三に分けて、黒縁の眼鏡をかけるんだ。鼻の横に黒いホクロをつけておくのもいいかもしれない。そういう別人になって、一芝居打つんだよ」

「うまくいくかな」

「こうなりゃおれも必死だよ」

「東さんがしくじったら、金が運び込まれるところには警備員がいて、ボクたち手も足も出ないよ」

「わかってる。そういう重要な役をおれがうまくやってみせるよ。だから、分け前はちゃんと四分の一ほしい」

「欲が深いな」

「事務所荒らしの時のことを怒ってるかもしれないけど、それは、この情報を教えたことで帳消しにしてほしい。それで、面倒な警備員対策をおれが分担するんだから、ちゃんと分け前をもらって当然だと思うんだ」

ジョージは考え込んだ。もう一人の中国人に、中国語で説明したりする。日本人の手下には日本語であれこれ言う。

それをきいているうちに、その二人の名前がわかった。中国人は、本名かどうかは別として呼び名がチャンだった。そして日本人は杉本というらしい。

「こいつが嘘を言ってるんだとしたらどうします。そんなとこで待ってても、現金輸送車なんか来ないんだとしたら」

杉本がそう言った。

「その時は、とっつかまえて殺すだけよ。おれたちから逃げることはできないからね」

「殺すことはいつだってできるわけか」

「そう。だから、言う通りに試してみる値打ちはあるかもしれないよ」

隆文は必死でうなずいた。やがて、ジョージが隆文の目を見て言った。

「どの信用金庫の、どの支店なのか教えてもらおう」

隆文は言った。

「言うから、まずこの手錠を外してよ。話が決まれば、おれたちは仲間なんだから」

それで、手錠は外してもらえた。とりあえず、コンクリート詰めにして殺されることからはまぬがれたのだ。

「じゃあ、仲間として教える。そこから、この大仕事はスタートするんだからね」

隆文は、信用金庫の名と、その支店がどこのものなのかを教えた。二日後が、現金略奪の実行日だった。


土曜日はジョージたちに会わずに、一日マンションにいて過ごした。怪しげな連中が集まって何か相談していた、なんて、他人に察知されることがあってはならないのだ。必要がないのならなるべく会わないほうがいい。

ジョージたちは下準備を進めているはずである。犯行用の車を盗んだり、目出し帽を足がつかないように用意したりだ。あの時隆文の脇腹に突きつけられたピストルは杉本のものだそうで、ジョージは、チャンにもピストルを用意したらしい。そして三人で、岡本里美が勤める信用金庫を下見にも行ったとか。そこの、裏手の駐車場脇の出入口が使われることまで、里美の情報でわかっていた。用心深くしたつもりで裏口を使うのだろうが、かえって人目につきにくくてこっちには有利だった。

隆文は日曜日の午後五時に、スーツ姿でマンションを出た。白いワイシャツに、目立たないグレーのネクタイをしめ、紺のスーツだ。お堅い勤め人にしか見えない。

ジョージの、あの家具のあまりないオフィスに顔を出し、四人で、きのう盗んだ車で出発した。本当の杉本の車が、信用金庫にほど近い公園脇の駐車場に既に駐めてある。

車の中で隆文は、髪型を変えた。ポマードできっちりと七三分けにするのだ。ポマードやくしはスーツのポケットにしまう。

黒縁の眼鏡をかけ、大きなつけぼくろを鼻の横につけた。眼鏡は、五年も前にサンテレビの小道具室から盗んだもので、素通しのガラスがはまっていた。

「これ、茨城のおばちゃんたちにとっても評判がよかったのね」

マギー司郎の物真似をし、北関東のなまりを体に染み込ませる。

「東さん。大丈夫かな」

ジョージがそう言った。

「まかせといてよ」

そう言って、ニッと笑う。

七時十分に、隆文の分担地点である三叉路に着いた。そこで、別人になりすました隆文は車を降りる。ジョージたちは、信用金庫の裏の駐車場へ行く。

ポツポツと人通りのあるその三叉路に立つと、隆文はすぐに眼鏡を外した。わざとらしいつけぼくろもとる。そんな変装のほうがかえって人目につき、誰かの記憶に残るってものだからだ。ハンカチで、髪のポマードをぬぐい、手でかきまわして髪を自然に乱れさせる。

そうやって、もとの自分の顔に戻ると、三叉路の近くの書店に入り、隆文は雑誌を選ぶそぶりで時間をつぶした。

自分の手を汚して強盗に加担する気は隆文にはなかったのだ。それはジョージたちのような、プロにやらせればいいのだから。

警備会社の人間を相手に一芝居打って追い返す必要などないのだ。今日の現金搬入に、警備員が立ちあうというのは嘘だからだ。信用金庫は、日曜日に金を運ぶという異例のやり方がよそにもれる心配はないと考え、いつもは警備員を立ちあわせるのに、今日はその手配をしていないのだ。

それを里美からきいているからこその、この計画なのである。警備員を追い返す役をおれがやる、ということにして、四分の一の分け前をもらうのだ。妙ななまりを口にする必要などない。隆文はただ待っていればいいのだ。

七時三十分に近くなったので、書店を出て三叉路に戻った。

十分後に、その車が来た。さっき降りた車ではなく、近くの公園に駐めておいたという杉本の車である。既に車を乗り替えているのだ。

車が止まったので、後部座席に乗り込む。足元に、ジュラルミン製の鞄があった。

ニヤリと笑って、隆文は言った。

「こっちはうまくやったぜ。そっちはどうだった」

すると助手席のジョージが、怒りを含んだ声でこう言った。

「杉本が、バカをやった。金は盗ったけど、面倒なことになったね」

「何をしたんだ」

「ただ脅すだけでいいのに、運転してた男をピストルで撃って殺したんだよ」

「野郎が、抵抗しようとしやがったからだよ」

と杉本は言った。

隆文は青くなった。

7

金は、隆文の想像した通り、新札ではなく使い古した札だった。四千万円と、通常の事業資金なのか、百六十万円がその鞄の中に入っていた。

「殺しをやったのは、ものすごくバカなことだった。そのせいで、強盗殺人になったね。警察も必死で捜査するね」

ジョージはまだ怒っていた。

「あいつ、銃口を持って払いのけようとしたんだぜ。そのせいで、自分から銃口を自分の顔に向けたようなもんだ。撃つしかなかったんだよ」

杉本は力なく弁解した。

「ピストルを撃てば、あそこに弾と、薬莢（やっきょう）が残るよ。そうすればそこから、ピストルが特定できるね。やくざのルートから、その持ち主が洗い出される。ものすごくやばいこと、わかるね」

隆文としても、冷静ではいられない話だった。まさか人を殺すなんて、まったく予想していなかったのだ。これはおれのプランした、見事な完全犯罪だと思っていたのに。

「おれたち、しばらく会わないようにしたほうがいいんじゃないかな」

と隆文は言った。

「犯人は三人組、もしくは四人組ってわかってるわけだよ。だから、この四人がしばしば顔を合わせてちゃ、不審に見えると思うんだ」

　おそらく、警察は三人組の犯行だと思うはずだった。四人目の隆文は何もしていないからである。

　しかし、ここでは自分も一役買ったふりをしていなければならない。

「東さんの言うこと、その通りだと思うね。チャンはうちの従業員だからこれまで通りでいいけど、東さんと、杉本は、しばらくボクと会わないのがいい」

「従業員ってどういうこと。ジョージさんは何か表向きの仕事をしてるの」

「東さん知らなかったのか。ボクの本業は雀荘経営よ」

　初めて知ることだった。行きつけのバーで知りあって、ふざけてただけの相手なのだから。

「だから、金を四人で分けようよ。それぞれが取り分を持って、しばらく大人しくしているのがいいと思うんだ」

　ジョージは考えてこう言った。

「しばらくボクが預かっているというのは、どうだろ」

「それは、かえって話をこじれさせるだけだと思うな。ジョージさんが持ってれば、あとの三人は、ジョージさんが一人占めするんじゃないかと疑うよ。それでついつい、バカなことをしたりする。分け前をもらってれば、安心して身を隠していられる」

「そうかもしれないな。わかった。金は分けよう。ただし、しばらくは持ってるだけで使ってはいけないね」

「用心しろってことか」

「そう。番号の控えてない札ではあっても、何か目印がついてるかもしれない。それに、急に金使いが荒くなると、周りの人間が変だな、と思う。そんなことから、足がつくことあるのね。だから一カ月は、その金を使ってはいけない」

「うん。ジョージさんの言う通りだと思う。しばらくその金は使わないよ。ただし、ここでもう、分けておこう」

思いがけなくジョージは、奪った金をすんなりと四等分して、その場で分配した。

隆文の取り分は一千四十万円。

その札束をバッグに入れて、隆文は自分のマンションに帰った。

事件は連日大きく報道された。強盗殺人事件で、四千万円ばかりが奪われているのだ。人々の話題にならないわけがない。

その臨時の現金輸送を、犯人グループはなぜ知っていたかに捜査の焦点がしぼられ、内部の関係者が丹念に調べられているらしい。

隆文のところへ岡本里美から携帯電話がかかったことがあった。里美は、毎日警察が来て仕事にならないのだ、と言った。うちは被害にあったほうなのに、なんだか疑われているみたいなの、と。

隆文は、今仕事が忙しくてきみと会う時間がとれないんだ、と言った。もう二度と里美とは会わないでおこうと思っているのだ。あの信用金庫との間に、そういう接点があることを誰にも知られてはいけないのだから。

里美からの携帯電話には出ないことにした。

そして、ジョージと出くわす可能性のあるバーへは顔を出さないようにした。金も、目立つようには使わない。もちろん、あの一千四十万円には手をつけていない。

一週間後に、東京湾に浮いている男の死体が発見された。死体には、ピストルで撃たれたあとがあった。

二日ほどたって、死体の身元が判明する。住所不定、無職、杉本浩（ひろし）、三十四歳。死体で発見される一日前に、ピストルで射殺されたのだそうだ。犯人はその死体を海に運んで捨てたのだろう。

その次の日に、驚くべき事実が発表された。杉本の体内にあった銃弾を調べたところ、信用金庫強盗殺人事件で犯人が車の運転をしていた社員を撃ったのと、同じ銃から発射されたものだとわかったのだ。

そして、そこからは捜査が進まなかった。

ジョージとチャンは姿を消した。ぱったり姿を見せなくなり、誰にきいても行方を知らないのだ。

もちろん、杉本を殺したのはジョージだろう。命令を受けてチャンがやったという線はあるが。そして二人で、杉本の死体を海に捨てたのだ。

分け前をめぐっての仲間割れの線は考えられない。分け前は、気前よくきっちりと四等分したのだから。

杉本の銃から足がつくことを恐れたのだろう。銃が特定できれば、いずれは杉本を警察が割り出すのだから。そうなる前に、その銃で杉本を消したのだ。

そして、おそらくジョージとチャンはもう日本を出ているのだ。そうに違いないと隆文は考える。

あの二人にもかなりの現金が手に入ったのだ。杉本の分ももちろん回収しているだろうから、二人で三千万円とちょっとだ。

杉本を洗っていけば、自分たちに捜査の手が及ぶことはまず間違いがないから、二人は国外へ逃げたのだ。杉本を処分してすぐに、中国なのか台湾なのか、安全な国へ高飛びしたのだろう。

その想像がおそらく正しい証明として、隆文はそれから二度とジョージとチャンに会わなかった。

二カ月後、東隆文はかなりの高級車を買った。この上なくいい気分で、思わず笑いがこみあげてきた。

解説

郷原　宏

　芥川龍之介の警句集（アフオリズム）『侏儒（しゅじゅ）の言葉』に、「天才」という一章があります。その第二段に曰（いわ）く。

「天才とは僅かに我我と一歩を隔てたもののことである。同時代は常にこの一歩の千里であることを理解しない。後代（こうだい）は又この千里の一歩であることに盲目である。同時代はその為に天才を殺した。後代は又その為に天才の前に香（こう）を焚（た）いている」

　芥川にはおそらくその意識はなかったでしょうが、今日からみれば、これはほとんど芥川その人のことを語っています。大正という同時代は、芥川文学の新しさを理解せず、その才能を見殺しにしました。昭和という後代は、芥川の天才を称揚するあまり、彼を文学の祭壇に祭り上げました。そして平成の今、われわれは千里の距離を隔てたまま、この作家を忘れ去ろうとしています。最近の芥川賞受賞作家のなかで、芥川の作品をちゃんと読んだといえる人が、はたして何人いるでしょう。まして彼らの読者においておやです。

しかし、ご安心ください。われわれの時代は、清水義範という天才作家を持っています。残念ながら同時代の凡人どもは彼の才能を十分に理解せず、その作品を「パスティーシュ」などと呼んでいますが、私の見るところでは、この作家は間違いなく天才です。天才という言葉はこの作家のためにあるといっても過言ではありません。したがって、その作品を「パスティーシュ」などと呼ぶのは、とてつもなく不敬なことだといわなければなりません。

パスティーシュ（ＰＡＳＴＩＣＨＥ）は、本来は「模造品」「模倣画」を意味するフランス語の美術用語です。これが文学に転用されると、原典をもじって楽しむパロディと違って、「意図的にオリジナルそっくりをめざした贋作」という意味になります。歴史的にはデュ・ボアゴベというフランスの作家がガボリオのルコック探偵ものをパクって書いた『ルコック氏の晩年』（一八七八）が嚆矢とされ、同じくフランスのボアロー＝ナルスジャックは短編集『贋作展覧会』（一九五九）で数々の先行作品の模作を一堂に展示して見せました。

このように、パスティーシュはすでに確立された文学様式だといっていいのですが、あくまで原典があっての二次的な作品ですから、どうしても「まがい物」「二流品」

というイメージがつきまといます。たとえばコナン・ドイルのシャーロック・ホームズものには、ニコラス・メイヤーの『シャーロック・ホームズ氏の素敵な冒険』（一九七四）を初めとして一ダースを超えるパスティーシュがありますが、原典を超える作品はついに現れないといわなければなりません。

清水義範氏の事実上の出世作となった『蕎麦(そば)ときしめん』（一九八六）の帯には、「大胆な模倣手法による清水義範初のパスティーシュ小説集」という斬新(ざんしん)なキャッチコピーがありました。おそらくは担当編集者の作と思われるこのコピーが余りにも素敵だったので、それ以来、パスティーシュは清水作品の登録商標として定着しました。清水氏自身もこの商標が気に入ったらしく、《模倣という言葉がいい。私が書きたかったのは、模倣という作業によって、もとのものとは別種の、次元の異なる面白さが出てくるような、そういう小説だったのだ》《パスティーシュというラベルをつけてもらって、初めて私は自分のやりたいことを認識できたのだった》と「あとがき」に書いています。

この「パスティーシュ小説集」を読んで、私が真っ先に思い浮かべたのは芥川龍之介の短編でした。周知のように芥川は、中世の説話文学や近世の切支丹(キリシタン)文書などを下敷きにして「羅生門」「鼻」「芋粥(いもがゆ)」「藪の中」「奉教人の死」「きりしとほろ上人伝」

など多くの傑作を残しました。「杜子春」「蜘蛛の糸」などの童話も、中国やインドの古典を下敷きにした作品です。後代の作家堀辰雄は「彼はついに彼固有の傑作をもたなかった。——彼のいかなる傑作の中にも、前世紀の傑作の影が落ちている」と評しています。

しかし、誰も芥川をパスティーシュの作家とは呼ばなかった。なぜなら、それらの作品は単なる模倣や贋作ではなく、「もとのものとは別種の、次元の異なる面白さ」を持った、完全にオリジナルな作品になっていたからです。清水氏の作品についても、まったく同じことがいえます。なるほど、その作品の多くには「前世紀の傑作の影」が落ちていますが、それは決して単なる模倣ではなく、原典とは別種の面白さをもった、原典以上に面白い作品に仕上がっているからです。

こうした原典の換骨奪胎や有効利用のことを、日本語では「本歌取り」といいます。定家も西行も芭蕉も蕪村も馬琴も鷗外も、日本文学の巨星と呼ばれる人たちは、みんな本歌取りの天才でした。とすれば、何もわざわざ紛らわしい外国語を持ち出す必要はない。清水義範は日本文学の正統につらなる本歌取りの天才である。『永遠のジャック&ベティ』や『国語入試問題必勝法』は、芥川の「羅生門」や「鼻」と並ぶ現代文学の傑作であるといえば、それですむ話ではないか。そのとき私が感じたことを一言でいえば、つまりそういうことになります。

清水氏と芥川のもう一つの共通点は、短編の名手だということです。芥川は生涯、短編だけを書きつづけました。それはおそらく「人生は一行のボオドレエルにも若かない」と嘯きながら、その「一行」の表現に命をかけた作家の方法的な宿命だったといっていいと思います。清水氏は長編も書いていますが、質量ともに短編が長編を圧倒しています。そして、その小説作法の基本は、たった一個の句読点もゆるがせにしない「一行」へのこだわりにあります。芥川は一作ごとに小説のスタイルと文体に趣向をこらし、書簡体、独白体、考証体、記録体など全部で十九種類の文体を使い分けたといわれますが、この点でも清水氏は芥川の正系の嫡子だといっていいでしょう。

清水氏が短編の名手であることを証明するために、面倒な論証をする必要はありません。本書をお読みいただくだけで十分です。ここにはサラリーマン、小学生、主婦、女子高生など七人の男女による八つの犯罪の記録が収められています。このうち不良サラリーマン東隆文の窃盗と強盗だけはれっきとした刑事事件ですが、あとの六件はいずれも犯罪とは呼べないような小さな事件ばかりです。にもかかわらず、ここにはあなたの人生観を根底から変えてしまうかもしれないような人生への深い洞察と強烈なサプライズが仕掛けられていて、まさしく「人生は一行の清水義範にも若かない」

という思いに誘われます。

一歩が千里であることを知っている清水義範の読者の辞書に「退屈」という文字はありません。

二〇〇六年十二月

（二〇〇七年一月　徳間文庫初刊より再録）

本書は2007年1月に刊行された徳間文庫の新装版です。
なお本作品はフィクションであり実在の個人・団体などとは一切関係がありません。

本書のコピー、スキャン、デジタル化等の無断複製は著作権法上での例外を除き禁じられています。本書を代行業者等の第三者に依頼してスキャンやデジタル化することは、たとえ個人や家庭内での利用であっても著作権法上一切認められておりません。

徳間文庫

MONEY

〈新装版〉

© Yoshinori Shimizu 2021

2021年9月15日 初刷

著者 清水義範
発行者 小宮英行
発行所 株式会社徳間書店
東京都品川区上大崎三-一-一 〒141-8202
目黒セントラルスクエア
電話 編集〇三(五四〇三)四三四九
販売〇四九(二九三)五五二一
振替 〇〇一四〇-〇-四四三九二
印刷 大日本印刷株式会社
製本

ISBN978-4-19-894674-6 (乱丁、落丁本はお取りかえいたします)

徳間文庫の好評既刊

越谷オサム

魔法使いと副店長

　妻と幼い息子を残し、埼玉から神奈川の藤沢に単身赴任してきた大手スーパーマーケット副店長・藤沢太郎。ある晩、箒に乗った自称「魔法少女アリス」が、部屋に飛び込んできた。叩き出すわけにもいかず、彼女を見守る役目だという、喋る小動物「まるるん」とともに、渋々同居する羽目になる。おまけにアリスの魔法修行に付き合うことに……。栄転間近だったはずの厄年パパの運命は？